よりぬき
天声人語

2016年～2022年

山中季広　有田哲文

朝日新聞出版

よりぬき　天声人語　２０１６年～２０２２年

目次

現場にこそ

濃い人

わが身を省みれば

読者ありてこそ

季節・自然

政治

社会・世相

暮らし・人生

世界・戦争

〈有田哲文の打ち明け話〉わたしのコラム道……265

はじめに

この本を手に取っていただき、ありがとうございます。

日々書いてみますと、天声人語とは何ともはかない存在です。寿命も長くはありません。新聞読者の皆さまの目にとまり、お読みいただけたとしても、ものの5分か10分もすれば忘れ去られるのが宿命です。

読んだ直後の印象が、お忙しい皆さまの記憶に残るのは、せいぜい翌朝あたりまででしょうか。朝刊が配られ、新しい一編が届けば、昨日の天声人語の余韻などスーッと消えてしまいます。

そんなカゲロウのように淡くはかない天声人語ですが、執筆した記者にとっては一本一本に忘れがたい特濃の思い出があります。1回わずか603字とはいえ、書き上げるために毎回、関連書籍を求めて図書館へ走り、専門家を探します。ときにはニュースの当事者を訪ねてインタビューもします。生の取材成果を積み上げれば、もし制限字数がいまの10倍の6030字あっても、とうてい収めきれません。

たとえば、飛行機事故で夫を亡くした女性。津波に孫娘を奪われた高齢者。そんな方にお目にかかってお話を聞くと、こちらも目頭が熱くなります。途中で、もらい泣きしたこともしばしば。

そして執筆時に録音テープを聴き直すと、またもや涙腺は決壊してしまうのです。

面談による取材をしなかった回にも、忘れられないドラマが多々あります。新聞制作の工程上、できれば夜の7時ごろ、遅くとも8時か9時には出稿を終える決まりなのですが、地震や風水害、政界の異変やスポーツの大一番など、夕方から夜にかけてニュースが動く日もあります。そんな時は、昼間に途中まで書いた原稿を放り出し、1行目から書き起こさざるを得ません。

著名な方の訃報が飛び込み、締め切りまで35分で書いたこともあります。そうかと思うと、載せるまでに3年を要した原稿もあります。取材済みでしたが、コロナ禍で紙面事情に合わなくなり、一から取材をし直したからです。

読者の皆さまから届くご意見には毎回、心を動かされます。一つだけご紹介しますと、天声人語を書き始めてまもなく、ある長年の読者の方から分厚い封書をいただきました。

〈けさの天声人語は文末に工夫がなさすぎる。現代国語を長年教えてきた元教師として、添削してみた。参照されたし〉

同封されていたのは、記事コピーと添削済みの新原稿。修正箇所には蛍光ペンが引かれ、元の記事より格段に改善されていました。一面識もない方でしたが、できの悪い教え子を励ます恩師のような筆遣いに胸が熱くなりました。

さて、長い間、天声人語は記者がひとりで書くものとされてきました。ニュース環境が進化し、新聞コラムにもスピード感が求められるようになって、２００７年春からは記者２人で書いてきました。昨秋から、さらに増えて3人態勢で臨んでいます。

２０１６年春から２０２２年秋まで担当したのは、有田哲文記者と私でした。２人で相談し、当番は一週交代としました。７日間休まず出稿し、次の７日間は取材や資料集めに充てるというサイクルです。

それぞれが１１００本ほど書いてきたわけですが、この本には、格別に思いの深い88本を厳選して収めました。併せて、「打ち明け話」として、執筆時の悩みや迷い、心がけたことなどを新たに書き下ろしています。そちらもぜひ、お読み下さい。

ふりかえればこの6年半、天声人語のことだけを考えて走り続けてきました。記者にとっては大舞台ですが、マラソンのように長く苦しいレースでした。ゴールに着き、地面に倒れ込んだ後も、しばらくは息が切れ、ひざはガクガクしたままでした。

いま、もし「もう一度走れ」と誰かに命じられたとしたら？　いや、もう無理です。とても再スタートは切れません。

無我夢中で走り続けた日々を、このように素敵な書籍の形で皆さまにお届けできるなんて、まさに夢のようです。はかなくも淡い朝刊コラムの一編一編に込めた私たちの思いが、どうか少しでも皆さまに伝わりますように。

２０２３年1月

山中季広

〈編集部注〉

本書は、山中季広と有田哲文（当時ともに論説委員）が2016年4月1日から2022年9月30日まで朝日新聞朝刊で執筆を担当した「天声人語」から、それぞれ88本ずつを選んでもらい構成しました。また、執筆時の苦労や工夫、喜びなど二人の心模様を書き下ろした「打ち明け話」も収録しました。

まとめるにあたって、掲載作をいくつかの項目に分け、掲載時にはなかった表題を付けました。文末の数字は掲載年月日です。簡単な「注」を付したものもあります。新聞では文章の区切りに▼を使っていますが、本書では改行しました。固有名詞、年齢、肩書などは掲載時のままです。

PART I

山中季広・88選

冷や汗タラタラ

公衆電話の真価

15歳の女子中学生が監禁先から逃げ出して救いを求めた公衆電話は、東京のＪＲ東中野駅の構内にあった。「ＳＯＳ110119そのままダイヤルして下さい」と表示がある。

ブカブカの服にサンダルばきの少女はここから自宅に電話をし、警察に通報した。居合わせた会社員によると、駆けつけた署員が名を確かめたとき、少女は受話器を握りしめたままうなずいたという。

もしここに公衆電話がなかったら――。想像しただけで背筋を何かが走る。電話探しに手間取れば、戻った容疑者に見つかったかもしれない。監視は強まり、事件は長引いただろう。きのう試みに周辺を四方八方歩いてみたが、大人でも公衆電話はなかなか見つけられなかった。

かつては全国に93万台もあった。１９８４年度を境に減り続け、いまや20万台を切った。東日本大震災では、窮地にもろい携帯電話との違いを実感したが、その後も撤去は続いた。

怪奇小説で知られた夢野久作の短編「鉄槌（かなづち）」に「電話の神様」が出てくる。受話器から届く声や音の奥を鋭く察する10代の少年のことだ。株価の先行きから男女の機微まで耳で読み、運命をつかむ。昭和初めの作品だが、なるほど昔もいまも電話には人生を変える不思議な力が備わっている。

少女は機を逃さず、公衆電話へ走り、硬貨を入れ、自宅の番号を正しく押した。2年という闇の長さを思えば、その沈着さは一条の光のように映る。「電話の神様」も感心して空から見守ってくれたにちがいない。（16・4・1）

蜷川幸雄さん逝く

だれしも若いころは自分の才能を疑う時期がある。あまり売れない俳優兼演出家だったころの蜷川幸雄さんもそうだった。埼玉県川口市の団地の玄関先に「蜷川ＴＥＮＳＡＩ」という表札を掲げた。自分を追い込むためである。

「天才」の看板をあげれば、さぼるわけにはいかない。映画を見て本を読んで懸命に演出を独学した。ただ、「蜷川天才さーん」と廊下に響く集金人の声にはさすがに赤面したそうだ。

高校生のころには油彩画家を夢見ながら、劇場に通った。東京芸大の受験に失敗して画家を断念。劇団の道へ進んだ。「キャンバスに絵の具をたたきつけるより、自分の生理に合っている」と感じた。

演劇界の第一線を疾走し続けた蜷川さんが、亡くなった。シェークスピア劇やギリシャ悲劇を日本の美意識に合うよう翻案した。仏壇や石庭、行灯（あんどん）など日本の美を舞台に取り入れ、観客の視覚を圧倒した。

反骨の人でもあった。暴力団との交流が報じられた歌手が、紅白歌合戦の出場を断念すると、「善も悪も混沌（こんとん）とした芸能を規制、管理するのは容認できない」とＮＨＫを批判。局側は「出場を見送るよう要請してはいない」と説明したが、特別審査員の仕事を降りた。30年前の大みそかのことだ。

創作意欲は衰えず、「回遊魚になって仕事を続けたい」と本紙に語った。自著には「最後まで枯れずに、過剰で、創造する仕事に冒険的に挑む疾走するジジイでありたい」と記した。言葉通り、最晩年まで舞台に情熱を注いだ。（16・5・13）

＊２０１６年5月12日死去、80歳。

ゴーン氏の報酬

「ゴーン？　この街では聞かない名だよ」。中東レバノンで日産自動車を率いるカルロス・ゴーン会長の出身地を訪ねたことがある。探しあぐねたが、よく聞けば本来の発音はゴーンではなくゴスン。高名な一族だった。

ゴーン会長はブラジル生まれ。幼年期に両親の故郷レバノンに移る。「大変な秀才。すぐにアラビア語を覚えた。大学はパリの名門で仏語も英語も万全。日本語の勉強も楽しいと話していたよ」。そう語る伯父の表情は当人そっくり。銀行の頭取だった人で、邸宅は豪壮だった。

そのゴーン会長が逮捕される事態となった。自らの報酬を半額に偽り、有価証券報告書に載せたという容疑だ。日産の内部調査によれば、部下とともに長年、不正を続けていたというから驚く。

近年の報酬は表向き年10億円ほど。その額ですら論争を招いた。高過ぎないかと問われると、毅然と答えた。「自動車産業は容赦ない競争にさらされている。グローバル企業はグローバル市場の基準で報酬を払う必要がある」

経営危機に沈んだ日産を立て直し、仏ルノーと三菱自動車の経営のカジも握る人である。堅固に見えた報酬哲学が、名声の陰で弛緩していったのだろうか。

「スイカ二つを片手では持てない」。レバノンを含む中東のことわざである。かの地のスイカは巨大で、二つを運ぶのは両手でもむずかしい。欲を戒める言葉だ。彼の手腕をもってすれば、法にかなうやり方で望みのままに2倍のスイカを手に入れられただろうに。（18・11・20）

奈良時代から来た元号

〈なかなかに人とあらずは酒壺に成りにてしかも酒に染みなむ〉。いっそ人間をやめ、ずっと酒に浸れる酒壺になりたい。突拍子もない願望を歌にした人がいたものである。大伴旅人。奈良の昔、公卿にして一流の教養人だった。

旅人は天平2（730）年春、九州・大宰府の公邸で宴を催している。招かれたのは九州一円の役人や医師、陰陽師ら31人。庭に咲く梅を詠み比べる歌宴だった。「初春の令月にして、気淑く風和ぎ」。旅人の書き残したとされる開宴の辞から採られたのが、新元号「令和」である。

辞には続きがある。「天空を覆いとし、大地を敷物として、くつろぎ、ひざ寄せ合って酒杯を飛ばす。さあ園梅を歌に詠もうではないか」。枝を手折り、雪にたとえ、酒杯に浮かべる公卿らの姿が浮かぶ。

「令和」にどのような感想をお持ちになっただろう。令や和の字を名に持つ方は、これからしばらく話題に事欠くまい。ここを商機と万葉集コーナーを設けた書店もある。お祭り騒ぎはしばらく続きそうだ。

さて、万葉の昔に戻れば、60余年の大伴旅人の生涯に、元号は驚くほど頻繁に代わっている。やれ吉兆の亀が発見されたと言って「神亀」。奇跡の水が見つかったと「養老」。ほかに「朱鳥」「大宝」「慶雲」「和銅」「霊亀」「天平」。まるで改元のインフレ期のようである。

そんな時代を知る旅人だが、酒席で述べた挨拶(あいさつ)が1300年後の元号になってしまうとは。二日酔いの夢にも想像しなかったことだろう。(19・4・2)

ソーシャルディスタンシング

このごろ昼夜を問わず気になるのは、人との距離の取り方である。レジで間隔を詰めすぎていないか、電車内で座る位置は適切か。他人との間合いをこれほど意識したことはない。

感染拡大を防ぐにはどれほどの距離を取るべきなのか。厚労省が推奨するのは2メートル。国によって数値にばらつきがあるものの、一目でわかるようワニ1頭やドア1枚で距離感を表す図案が次々出てきた。

ソーシャルディスタンシング（社会的距離の保持）はいまや世界共通語になった。世界保健機関（ＷＨＯ）は先ごろ、これをフィジカルディスタンシング（身体的距離の保持）と言い換えた。「体は離れても心の結びつきは失わないで」と担当官。寄るな、触るなという訴えが先行しがちだが、だれも孤立させることなく難局を乗り切りたい。

パーソナルスペースという概念が注目されたのは半世紀前。だれしもが他人との境界線を心に持ち、一説にその距離は１・２メートル以上。疫病が広がれば、その境界域は変えるほかあるまい。

「離れることがつながり続ける最良の方法」。コカ・コーラは広告で商標の文字間を大きく空けた。ベンツやマクドナルドも同様の工夫をロゴに施し、対人距離を取るよう訴える。

ご覧の通り、当欄も本日は、文字間を広げた題字に替えてみた。地球規模の呼びかけに賛同しての初の試みで、本文は16文字短く。書き写していただく際、不都合が生じるとは思いますが、何とぞご了承下さい。（20・４・21）

横田滋さん逝く

横田めぐみさんは幼いころ、デパートで迷子になった。館内放送で呼び出され、両親は慌てて駆けつける。めぐみさんは売り場のお姉さんにリボンを結んでもらって上機嫌だった。「パパとママはどこで迷子になってたの?」

めぐみさんが新潟市内で下校中に拉致されたのは1977年。13歳だった。父の滋さんはその夜、中学校内のトイレの扉を残らず開けて回る。交通事故を疑って通学路にはいつくばり、タイヤ痕を探した。

前日は滋さんの45歳の誕生日だった。「これからはおしゃれに気をつけてね」。めぐみさんから受け取ったのは1本のくし。身なりに無頓着な父を気遣うやさしさに打たれた。以後、どこへでも持ち歩いた。

めぐみさん救出に一生を捧げた滋さんが87歳で亡くなった。忘れがたいのは2004年冬の会見である。北朝鮮がめぐみさんのものとした遺骨を、日本政府は別人の骨と断定。「満腔(まんこう)の怒りをもって遺骨捏造(ねつぞう)に抗議する」。低い声、険しい表情。耐えてきた無念の深さをまざまざと実感した。

訃報(ふほう)に接して、めぐみさんの思い出がつまった本を改めて開く。三輪車にまたがり、キリンを見つめ、双子の弟をかわいがる。妻早紀江さんの写真も多い。だが滋さんが写るのは、わずかに1枚。幼いめぐみさんを抱き、照れたような笑顔を浮かべる。

いつも穏やかに人と接し、悲劇の主人公を演じることは決してなかった。娘と暮らせた月日は短かったが、その分、深く濃く心を通わせた最良の父であった。(20・6・6)

*2020年6月5日死去、87歳

卵を胸に

優優良良良良良良良良可可可可。これは1951年春の小柴昌俊さんの全成績である。「東大の物理学科をビリで卒業したと言っても信じてもらえない」。母校で講演した際、自分の成績表をスクリーンに映し出した。

訃報に接して自伝を読み直すと、若いころは幾度も逆風を浴びている。父のような軍人か、チャイコフスキーのような音楽家にあこがれたが、小児まひに夢を絶たれた。受験は失敗続き。大学時代は家庭教師や米軍の仕事で家計を支えた。

「この世に摩擦というものがなくなったらどうなるか。記せ」。一時期教えた中学ではそんな試験問題を出している。用意した正解は「白紙答案」。摩擦がなければ鉛筆の先が滑って紙に字は書けないからと説明し、生徒を驚かせた。

2002年のノーベル賞受賞後は、子ども向けの講演を数多くこなす。「教科書を疑い、究明の卵をいつも心に持って」「達成したいと思う卵をどう孵化させるか考えて」と訴えかけた。

最大の功績は素粒子ニュートリノの観測。物理に疎い当方など、16万光年のかなたから何がどう岐阜県の地底に届いたのか、いまだに理解できない。それでもノーベル賞と聞くと、真っ先に小柴さんの福々しい笑顔が浮かぶ。「失われた20年」のさなか、当時の日本がどれほど励まされたことか。

小柴さんの愛した東京・杉並の散策路をきのう歩いた。「宇宙　人間　素粒子」「夢を大切に」。自筆の言葉を刻んだ記念碑のてっぺんで特大の卵が輝いていた。（20・11・14）

＊2020年11月12日死去、94歳

恐怖107％

勝鬨(かちどき)橋は白、蔵前橋が黄、永代橋は淡い青。東京の隅田川にかかる12本の橋は毎夜、決まった色で照らされる。だが昨夜は橋を管理する東京都の判断で急きょ中止に。橋という橋が闇に沈んだ。

停電の危機を告げる初の政府警報はそれにしても慌ただしかった。東京電力が唐突に節電を求めたのは一昨日。きのうは経済産業相が「広範囲で停電する」。東電の公式サイトを見れば、電気の使用量が表示上は一時、供給力を上回り、使用率107％に。これには肝を冷やした。

東日本大震災直後の混乱の日々を思い出した方もおられよう。計画停電が実施された街では交差点の信号機が消え、衝突事故が起きた。自発的に電灯を外した企業や住宅も多かった。日本の電力事情があれほど頼りなく感じられたことはなかった。

ほんの少し前まで電力不足といえば、炎暑の季節の昼下がり、冷房の集中する時間帯に限られた現象だった気がする。サクラが開花した3月も下旬になって朝から夜まで停電の不安を感じる日が来るとは。

大震災とコロナ禍――。二つの巨大な試練に見舞われて学んだのは、市民社会のたくましさである。今回、大停電に至らずに済んだのも、お粗末な電力管理に失望しつつ、大勢が自発的に職場の照明や家々の暖房を抑制したおかげではないか。

昨夜、隅田川にかかる橋のいくつかを遠く見つめた。高層ビルの谷間で橋と川面が奇妙に暗かった。私たちの社会インフラは想像以上にもろく弱いものと思い知らされた。（22・3・23）

地質年代にチバニアン

地質学者の間で「チバ」が国際的な注目を集めている。約77万年前の地球の環境激変をくっきり刻む地層が千葉県市原市にあるとわかったからだ。地磁気のN極とS極が入れ替わった跡をいまに伝える地層だ。

地球は一つの磁石である。十万年、百万年単位ではNとSの向きが何度も逆転した。そのうち直近の逆転の痕跡が千葉で見つかった。

国際地質科学連合（ＩＵＧＳ）の専門家たちが昨夏、現地を視察した。地質年代の境目を示す「国際標準模式地」に選ばれると、「チバニアン」という地質年代が生まれる。「千葉時代」である。

いつごろの年代の話か。茨城大などと共同でチバニアンを推す国立極地研究所の菅沼悠介助教

(39)に尋ねた。「いま私たちが生きているのは新生代第四紀完新世(かんしんせい)。そのひとつ前、第四紀更新世(こうしんせい)の中期のことです」。77万年から13万年前あたりを指すそうだ。ただイタリアも、南部イオニア海付近の2カ所を挙げて「イオニアン」を提唱。日本との一騎打ちになっている。
日本はかつて地磁気研究で世界をリードした。昭和の初め、京都帝大の松山基範(もとのり)教授が「過去に地磁気が逆転した」と発表。その功績で直近の逆磁極期は「マツヤマ期」と命名された。地質学界でチバニアンが採用されれば、それ以来のこととなる。

いま研究チームは年内の申請をめざし、資料収集や論文作成に追われる。呼称の定まった地質年代を見ると欧州由来の名が多く、日本の地名はない。千葉の人々とともに見守りたい。(16・4・15)

阿蘇の天然水

被災地・阿蘇を駆け足でめぐった。避難所で話を聞くと不便の第一はやはり断水のようだ。「電気はついても水なしでは家に戻れない」「お隣は出たのにうちは出ない」。避難所の隅には汲(く)み水とヒシャクが置かれている。

阿蘇は九州の水がめである。一帯に降る大量の雨が、草原の地下にたくわえられ、ふもとから湧き出す。湧水群は環境省の「平成の名水百選」にも選ばれた。水質は住民の誇り。飲んでみると、透き通った水にかすかな甘みがして評判以上である。

水源にはポリタンクやペットボトルを抱えた住民が次々にやってくる。「そのまま飲用に」「たまった洗濯に」。自衛隊の給水車も来る。ポンプで吸って避難所へ運び風呂に使う。

地震で不通の南阿蘇鉄道には「南阿蘇　水の生まれる里　白水高原駅」という駅がある。駅名の長さは日本で1位か2位だとか。その由来となった湧水群に、地震で異変が起きた。ある水源は枯れ、別の水源は白濁した。「一夜で水脈が変わるとは」と消防団員(42)は驚く。

そういえば熊本市の水前寺成趣園の池も干上がった。本震のあった16日朝、いきなり池の底が現れた。ある温泉街では「もし湯が絶えでもしたら」と不安の声を聞いた。

結局のところ私たちの目には、地の底の活断層の動きなど見えず、水脈の変化も見通せない。科学の力をもってしても、前震、本震、余震の順番さえつかめなかった。黙々と白煙を吐く阿蘇の峰を見ながら、人知の無力さに立ちすくむ思いがする。(16・4・24)

避難所に咲く言葉

きのうに続いて熊本の様子をお伝えしたい。不明者の捜索が続く南阿蘇村の避難所では、掲示板に貼られた漫画「ワンピース」の絵に人だかりができていた。熊本市出身の作者尾田栄一郎さんが公認サイトに載せた激励文である。

「人間が気を張れる時間って限界があります。その糸が切れる前に何とか心が落ちつける状態になってほしい」。主人公ルフィが「フンバれよー!!」と呼びかける。

各避難所の掲示板には、これまでの不安と混乱がそのまま残る。「安否未確認の家庭がありま す。携帯が使えないならつながる人に頼んで。無事を祈っています」。書いたのはある中学校の教職員一同。「家に住めない、教科書がない、ランドセルをなくした方は担任へご連絡を」。こちらは小学校の呼びかけだ。

多くは手書き。県外へ避難した一家が当座の住所と電話番号を記した付箋(ふせん)がある。「余震が続いていています。不安な中での生活、みんなで頑張りましょう」と励ます一文もある。

避難所ではペットの犬も見かける。「探し猫　左目に腫瘍(しゅよう)のある白とグレーのしまの猫探してます」。赤いペンで走り書きされたあの猫は、ぶじに見つかったのだろうか。

これまで強い揺れは夜に集中している。夜だけは家にいられないと若者でさえ言う。避難所に行けば知った顔がある。安心感が人を結ぶ。尾田さんにならえば、人間がひとりで耐えられる不安には限界があるのだろう。現地に泊まり、夜中に二度三度と揺り起こされ、そう思い至った。

（16・4・25）

顕微鏡少年の夢

顕微鏡の歴史は古い。理科の授業でおなじみの顕微鏡の原型は16世紀末、オランダの眼鏡師ヤンセン親子が発明した。望遠鏡を逆からのぞいて偶然発見したという。

「私はもともと顕微鏡が大好きで、何時間でも眺めていられます」。ノーベル医学生理学賞に輝いた東京工業大の栄誉教授大隅良典さん(71)の出発点はすべて顕微鏡観察だった。研究室に入る学生にも最初に顕微鏡を使わせる。「現象そのものを大切にする。自分の目で確かめる。生物学の王道だからです」

今回の授賞理由も研究室でひとり酵母を顕微鏡で見ていた時の成果である。たくさんの小さな粒がピチピチはねている。まるで踊るかのよう。夢中になって何時間も観察を続け、それがオートファジー(自食作用)現象そのものだと気づいた。43歳だった。

四人きょうだいの末弟として福岡市に生まれた。体は弱かったが昆虫採集には熱中した。東京の大学に進んだ兄が帰省のたび、1冊ずつ本を買ってきてくれた。宇宙、進化、遺伝子。高校で化学部を選んだ。

いまの大学の研究環境には懸念を隠さない。大学に余裕がなく、学生たちが口をそろえて「人に役立つ研究をしたい」と自らを追い立てる。「研究成果が数年単位で薬になるという短絡的な考え方はしないでほしい」

東大の講師から助教授として独立した際も、愛用の顕微鏡といっしょだった。〈顕微鏡少年の夢らんらんと〉北野年子。まさに顕微鏡を愛し、顕微鏡に愛された研究生活が実を結んだ。

（16・10・4）

置かれた場所で咲いた花

雪の朝、愛する父親が自分の目の前で凶弾に倒れる――。壮絶な体験は9歳の少女の胸にかくも深い傷を与えるものか。昨年暮れに89歳で亡くなったノートルダム清心学園理事長、渡辺和子さんの生涯を著書や記事でたどってしばし考え込んだ。

陸軍教育総監だった父渡辺錠太郎氏は昭和11（1936）年2月26日、自宅で青年将校らの銃弾を浴びた。和子さんは座卓のかげで難を逃れた。怒声、銃声、血の跡が恨みとともに胸の底に刻まれた。長じてカトリックの道に進むが、いくら修養を積んでも恨みは消えない。

意を決して、父をあやめた将校らの法要に参列したのは2・26事件の50年後。「私たちが先にお父上の墓参をすべきでした。あなたが先に参って下さるとは」。将校の弟が涙を流した。彼らも厳しい半世紀を送ったことを初めて知り、心の中で何かが溶けたという。

晩年まで過ごしたのは、岡山市にある学内の修道院。静穏な日々ばかりではなかった。30代で学長という大役を任され、管理職のストレスに悩んだ。50代で過労からうつ症状に陥り、60代では膠原病（こうげんびょう）に苦しんだ。

80代で刊行した随筆『置かれた場所で咲きなさい』が共感を得たのは、父の悲劇を含め自らのたどった暗い谷を率直につづったからだろう。

「つらかったことを肥やしにして花を咲かせます」「でも咲けない日はあります。そんな日は静かに根を下へ下へおろします」。いくつもの輝く言葉を残し、80年前の雪の朝に別れた父のもとへ旅立った。（17・1・4）
＊2016年12月30日死去、89歳

御松茸同心に学ぶ

江戸詰の尾張藩士榊原小四郎（こしろう）は山村在勤3年を拝命する。お役目は御松茸（おまつたけ）同心。「藩特産の松茸を増産せよ」。自信家の19歳。左遷に気落ちするが、山の価値に目覚める――。朝井まかてさんの時代小説『御松茸（おまつたけ）騒動』である。

作中、村人らが小四郎に松茸のイロハを教え込む。探すなら赤松の林を、施肥はもってのほか、手を入れた林はよく採れる。これらは実際も通じる教えだろうか。

「どれも山で私らが実践していること。でも謎は多い。必ず採れるという方程式はありません」。長野県の北真志野生産森林組合長の藤森良隆さん(70)は話す。長野県は生産量日本一である。

今年は壊滅的な不作に見舞われた。藤森さんの収穫も平年の1割どまり。暑さの戻りが原因とする説もあるが、「山の脱水症状ではないか」と話す。昨冬は雪が少なく、空梅雨がそれに続き、8、9月の少雨が決定打になった。

案内されて諏訪市西部の山を歩いた。標高1千メートル超、地温9度。「下刈りや倒木の運び出しで年に11カ月も手をかける。もし若い世代が林産に目を向けてくれなければ、国産は限界。ブータン産やカナダ産など輸入品だけになります」。2時間ほど探したが、腰に下げた籠が空のまま山を下りた。

山の仕事は年単位で損得を考えては務まらない。収量が増える「上り山」から、最盛期の「盛り山」をへて、量の減る「下り山」までざっと60、70年。息の長い仕事である。御松茸同心のいない時代にこそ、小四郎の情熱が求められる。(17・10・31)

大リーグの魔法使い

米国に記者として駐在したころ、マリナーズに入団したてのイチロー選手を追いかけた。常に寡黙で、試合後も心境など語らない。それでも大勢の日本人記者団が遠征先で待ち構えた。「日本の記者はイチローのことならひざの屈伸まで報道する」と米紙に報じられた。

そのころチームの同僚が彼につけたあだ名は「ウィザード」（魔法使い）。ガラス箱に入れられた展示動物のように大量の視線を終始浴びながら、試合となれば力を発揮する。その姿に同僚たちも感嘆した。

験かつぎも数々報じられた。忘れがたいのは、グラウンドへ歩き出すときの最初の一歩の決め方。右足で踏み出して打てなかった翌日は、左足から。打てた日の翌日は同じ足で。精緻(せいち)である。

大リーグで10年もの間、シーズン200本安打という記録を打ち立てた。ただし、その時期ですらスランプに陥った。安打が途切れ、ふさぎ込むのはたいてい170本を超えたあたりだ。重圧のすさまじさを思う。そのイチロー選手がきのう引退を表明した。

ムチのようにしなるバット、ミリ単位の選球眼、レーザービームと呼ばれた送球、驚異的な守備範囲の広さ。「僕はほかの選手のように特別な才能がないから、バランスがよくなければいけない」。そんな自分への厳しさもファンを魅了した。

「イイイイイチロー」。大リーグの球場ではイチロー選手が打席に入るとそんなアナウンスが場内に流れた。あの打者紹介がもう聞けなくなるかと思うと、無性に寂しい。(19・3・22)

空飛ぶ2020

鳥のようにふわりと舞い、ビルの谷間を飛び交う……。1982年公開の米映画「ブレードランナー」では、車がいとも簡単に空を飛んだ。驚くことに、2019年という時代設定だった。「残念ながらあの世界はまだ実現していません。ですが、もはや夢物語ではありません」と話すのは電子部品製造、TEジャパン(川崎市)の櫛引健雄(くしびきたけお)さん(47)。米国で開発中の空飛ぶクルマに出資し、2月の国際飛行レースに挑む。

3年後の販売開始を宣言した企業もある。トヨタ出身の若手技術者らが立ち上げたスカイドライブ社だ。「鎌倉の自宅から六本木の職場まで30分で飛べるクルマ」をめざす。

愛知県豊田市にある開発拠点を訪ねた。もとは消防署の車庫だった工房に、実験装置や工具が所狭しと並ぶ。試作機の部品もごろごろ。代表取締役の福澤知浩さん(32)は「40年後には空飛ぶクルマがまちがいなく移動手段の主役になる。地上を走る車は珍しがられる時代が来ます」ときっぱり。

福澤さんの予測によれば、10年後には救命や災害に欠かせない存在になるという。技術や安全、法整備などハードルはまだまだ高いが、試作機にまたがって思い浮かべたのは、すばやく快適な中空の通勤。休暇の遠出も渋滞知らず。想像するだけで心が躍る。

新しい年が始まった。昨年は災害や火事が重なり、大みそかにはゴーン被告の逃亡という驚きのニュースもあった。今年はどうか、空を自在に舞うような見晴らしのよい年となりますように。

（20・1・1）

詩人グリュックの世界

「朝7時前にノーベル賞の事務局から電話。仰天しました。だっていま米国は好かれてない国だし、私、白人だから」。ノーベル文学賞に輝いた米詩人ルイーズ・グリュックさん(77)の受賞の弁を米紙で読んだ。語り口は軽快である。

「取材は嫌いだけど社交的なほう。世捨て人じゃありません」。ボストン郊外、自宅前に集まった記者団の取材に応じた。「コロナが起きるまで、週に6回は友だちと夕食を楽しんでました」

私ごとを書けば、記者として米国に駐在したが、恥ずかしながらグリュックさんの詩集を開いたことはなかった。受賞の報に接し、あわてて探したが、邦訳は刊行されていないようだ。米文芸団体のサイトで代表作を読んだ。

〈空気の匂いをかいでみて。聞こえたのは母の声、それとも風が木々を通り過ぎた音〉。「過去」と題する詩の一節だ。少女時代、母との確執に悩んだという。「ギリシャ神話を読みふけることで救われた。それから半世紀、たとえば女神ペルセポネはいまも詩で取り上げます」

「野生のアヤメ」は〈苦しみの果てに扉があった〉と始まる。「10月」は〈私たちは種をまかなかったか。私たちは地球に必要なのではなかったか〉と問いかける。何かを声高に訴えることはしない。身近な物を題材に別離や孤独を描き、深い詩境へ導く。

『アキレスの勝利』『誠実で清らかな夜』。多くの詩集がある。今回は詩心乏しい拙訳でお目を汚したが、専門の方による訳詩集の刊行が待ち遠しい。（20・10・10）

平安朝の秋

平安朝を生きた藤原道長は10月28日、鎌倉時代の藤原定家は11月7日、江戸後期の頼山陽（らいさんよう）は11月11日。どれも京の都で紅葉をめでた日付を現代の暦に換算したものである。いまの紅葉シーズンに比べるとかなり早い。

公家や文人たちの日記から紅葉の時期を推定したのは、農業気象学が専門の青野靖之・大阪府立大准教授(58)。「古い文献が多く残る京都だからこそ調べられました」。紅葉をめぐる記述から秋の気温を推定した。集まった「見ごろ情報」は平安以降1100年に及ぶ。

紅葉の時期は太陽活動の強弱を受けて周期的に早まったり遅くなったりした。だが江戸後期から見ごろはどんどん遅くなっていく。戦後の高度成長期以降は、紅葉を報じる新聞記事が11月後半に集中する。「都市温暖化の影響でしょう。人や建物が多く、排熱や照り返しで熱がこもります」

青野さん作成の紅葉年表を携え、先週、京都を本社へリから取材した。比叡山の頂上こそ赤に染まりつつあるが、道長が999年に赴いた嵯峨は黄色が点在するのみ。定家が1226年に「紅葉之盛」と書いた賀茂あたりは木立の緑がなお優勢だった。

それにしてもさすが古都である。平安や鎌倉の昔から紅葉狩りの名所として聞こえた神社仏閣がいまも立つ。時を超えて錦秋の美を守り継ぐ千年の歴史を思う。

このまま温暖化が進めば、歳末にカエデやイチョウが色づき始め、年明けに山々が赤く燃える時代が来るかもしれぬ。道長や定家は困惑するだろうか。(20・11・11)

世界のＳＵＫＩ

平家の落人伝説が残る愛媛県の新立村。和紙や茶、葉タバコの産地だったが、新宮村をへて平成の合併で四国中央市新宮町となる。いま９００人が暮らすこの地区で真鍋淑郎さんは生まれた。旧制中学校に熱心な先生がおり、「敵国語」の英語をみっちり学ぶ。米軍機Ｂ24が四国上空を飛び交ったが、「ここには爆弾を落とさない」と勉強に打ち込んだ。祖父も父も村に1軒の医院を営んでいた。だが「頭に血がのぼる性格で医師には向かない」と地球物理学を志す。

東京大で博士号を得て１９５８年に渡米。米国は当時、衛星打ち上げで旧ソ連に先を越された「スプートニク・ショック」のさなか。各国から有為の人材を集めていた。真鍋さんは温暖化をモデル計算で示すことに成功する。

研究仲間からは親しみを込めて「ＳＵＫＩ」と呼ばれる。シュクロウは米国人には発音しにくいからだ。ご本人も「世界と渡り合うには研究も英語で」という信念をもつ。60代で研究拠点を日本に一時移した際、日本人同士でも英語で討議した。

「ゴビ砂漠、オビ川、チベット高原」。講演には世界の地名が次々出てくる。気温や大気の組成を太古にさかのぼって再現する。海洋と大気、大陸を結び、物理学に生物学、化学も動員して壮大なスケールで研究を深めた。

自治体としては地図に名をとどめぬ四国の山村で学んだ少年が、ノーベル賞の栄誉に輝く。スウェーデンで発表された資料には「Ｓｈｉｎｇｕ　Ｅｈｉｍｅ」と出生地が記された。（21・10・6）

報じ続ける勇気

報道局に記者たちの姿はなかった。放置された撮影機材が痛々しい。政府批判のすえに電波を止められたトルコの民放局を訪ねたのは数年前のこと。「古いドラマを口実に経営陣を逮捕するなんて」。社員の嘆きに背筋が寒くなった。

報道の自由はいとも簡単に奪われる。米国ではトランプ前大統領が気に入らない記者や報道機関を名指しし、会見場から締め出した。サウジアラビア政府を批判し続けたサウジ出身の記者は殺害された。

そんな中、プーチン政権の不正を追及してきたロシア紙ノーバヤ・ガゼータの編集長に、今年のノーベル平和賞が贈られることになった。経営的には不振が続くものの、調査報道に実績があり、注目度の高い新聞である。

モスクワ市内にある同紙の本社を取材した同僚によると、社屋は拍子抜けするほど狭い。入り口には射殺された女性記者の慰霊碑がある。編集室の壁にはほかにも、殺害された記者数人の遺影が掲げられていたという。

「政府を批判しない新聞は存在する意味がない」。米紙ワシントン・ポストを率いた故キャサリン・グラハムさんの言葉である。ニクソン政権に堂々と挑んだことで知られる。政府を批判するメディアが各大陸で苦戦を強いられ、弾圧にさらされているいま、彼女の問いかけはかつてなく重い。

各国の報道の自由度を比較している国際NGOによれば、日本は近年どんどん順位を下げて67位に。主要7カ国（G7）では最下位である。少しも安穏としていられない。（21・10・9）

トラブルに見舞われ

選手ファースト五輪を

「昼間に競技できない選手が気の毒」「朝や夜の客席は冷凍庫内の寒さ」。平昌五輪を取材中、しきりに聞いたのは競技時間を嘆く声である。スキーのジャンプは日付をまたぎ、カーリングは朝8時台に始まった。

夜遅い種目は欧州のテレビ中継に合わせ、朝早い競技は北米向けの放送を優先したと聞く。とりわけ米NBCの発言力は抜きんでているようだ。夏冬10大会分の米国向け放映権を獲得し、国際オリンピック委員会（IOC）の収入の4割を1社で支払う上得意である。

「五輪はNBCファースト。韓国企業数十社の総額とほぼ同じ額を払ったNBCが最優先顧客」。韓国紙中央日報は、競技時間のみならず取材や宿舎選びでも優位な立場にあると報じた。

NBCの影響力に驚かされるのはいまに始まったことではない。30年前のソウルでは陸上の花形１００メートル決勝が繰り上がり、10年前の北京では競泳が午前に回った。２年前のリオでは、「開会式で米選手団の入場順を後へずらして」とＮＢＣがＩＯＣに要求した。視聴率を保つためだと米紙に批判された。

むろんＩＯＣは各国や競技団体の意向も最大限聞き入れている。だが今回、韓国の人々には、出場選手より米視聴者が優先される印象が残った。

莫大（ばくだい）な放映権料抜きで五輪は成り立たないと承知しているものの、２年後に迫る東京大会ではもう少し「選手ファースト」に戻せないか。まさかとは思うが、日付をまたぐサッカーや早暁に始まる野球など見るに忍びない。（18・2・26）

恵みの水で地域再生

木、水、光など自然の恵みで再生を図る地域を描く映画「おだやかな革命」を見て、収録先の一つを訪ねた。北陸と東海を隔てる白山連峰のふもと、岐阜県郡上市の石徹白（いとしろ）地区。小水力発電に取り組み、活気を取り戻しつつある。

かつては白山信仰の拠点として栄えた。「上り千人、下り千人、宿に千人」と言われるほど参拝者でにぎわったが、若い世代が流出し、約１１０世帯２７０人に細った。

再生のきっかけは白山を源流とする水の流れ。岐阜市出身で外資系経営コンサルタントだった平野彰秀(あきひで)さん(42)らが「水車で電気を作り、余った分を電力大手に売れば、地域経済が回り出す」と提案した。

首都圏で大型商業施設をいくつも成功させてきた。「でも突きつめて考えると集客や利益の奪い合い。空しさを覚えました」。助け合い、分かち合える仕事をしたい。そう考え、2007年から石徹白に通い始めた。

4年後に移住し、発電を本格化させる。休眠していた農産品加工場を生き返らせた。住民から出資を得て大型装置を導入。全家庭の需要を満たし、売電益が得られるようになった。いまでは年間800人もの見学者が訪れ、移住の動きも続く。

農作物のようにエネルギーも地産地消する時代が近づきつつある。原発事故を目の当たりにして、無批判に電力を買う立場を脱したいと考える人々がいかに増えたことか。石徹白はこれから雪解けを迎える。三十数年ぶりという豪雪も例年以上の水量をもたらす天の恵みである。(18・3・12)

香港で福島の美酒を

「絶無使用　日本福島米及食材」。5年ほど前、香港の和食店でそう大書したポスターを見かけた。きつすぎる文面にため息がこぼれた。

先日、久方ぶりに香港を訪れた。意外だったのは、福島産の日本酒が人気の的だったこと。「寫樂（しゃらく）」「十ロ万（とろまん）」。会津の銘酒を香港の人々が楽しげに酌み交わしているではないか。意識は変わりつつあるらしい。

福島県の担当課に聞くと、震災直後は54の国・地域で県産品の輸入に規制がかけられたが、いまは総数24に減った。その一つが香港だ。香港政府は昨夏、群馬や茨城など福島近隣4県の規制を解いた。あとは福島産の野菜や果物、乳製品を残すばかりとなった。

福島県の内堀雅雄知事は先月下旬、香港を訪れている。震災前までは全県の輸出農産物の8割が向かったという大得意先である。知事は安全性を説いて回ったが、輸入再開の確約を得るには至らなかった。「福島に対する意識、懸念や不安、心配が根強かった」。現地を歩いての偽らざる実感だろう。

短い間ながら記者として香港に駐在して感じたのは、日本の食材食品に寄せる人々の信頼の高さである。「価格は高くても安心」と幾度も言われた。事故後にいつまでも風評が収まらないのは、そうした長年の評価の裏返しなのかもしれない。

国外に限らず、風評との戦いではゴールが見えにくくなる。それでも福島のお酒を満喫する香港の人々には励まされる。今回の滞在中、「絶無」のポスターを見ることは絶えてなかった。

（19・2・5）

世界が推理、ゴーン劇場

西に六本木ヒルズ、東には東京タワーを望む小高い丘。カルロス・ゴーン被告が昨年末まで暮らした家は、東京屈指の邸宅街でもきわだって豪壮である。三が日ながら、周囲の家々と違って玄関に門松やしめ飾りはない。

中東で取材中の同僚によると、レバノンの首都ベイルートにある被告の家も目立つ大邸宅だ。外壁はピンクで、窓が青で統一されているそうだ。日本からざっと9千キロ、どんな手段で移動したのか。

地元レバノンのテレビは「楽器の箱に身を潜めて日本を出た」と報じている。いわく、東京の家にクリスマスの音楽隊を装った一行を招き入れ、楽器を運ぶかに見せかけて、日本の地方空港からまずトルコへ発ったという。

この報道を見た瞬間、いくつもの映画が頭に浮かんだ。巨匠ヒチコックの映画「引き裂かれたカーテン」の主役は、バレエ団の衣装箱に身を潜めて脱出。スパイ映画００７では、主人公がチエロのケースをソリ代わりにして雪原の国境を突破する。

策を練ったとされる妻キャロルさんだが、楽器説を「作り話」と一蹴。ひょっとして被告は、保釈の際もののみごとに失敗した変装の術を高めていたか。決行の1週間ほど前、東京の家を訪れた友人に「驚きの結末を迎える」と笑顔で語ったと米国で報じられた。謎は深まる一方だ。

あくまで潔白を言うのなら、日本の法廷で堂々と主張すべきだろう。多くの人を欺き、姿をくらますとは嘆かわしい。それにしても映画さながらの脱出劇、奇っ怪なり。(20・1・3)

おもひの木

「震災の記憶伝える高校　残して」。昨年12月、本紙東京本社版の「声」欄に、福島県立新地(しんち)高校の存続を訴える投書が載った。胸に迫る文章にひかれ、津波の被災地である同県新地町を訪ねた。

「私と娘、孫娘も通ったんです。少子化という理由で隣の市の高校に統合されますが、納得できません」と投稿した林ナミ子さん(74)は話す。町内唯一の高校がなくなれば、地域全体から元気が消えるのではと懸念する。

簡単にあきらめられない理由がある。孫の菅野瑞姫(みずき)さんは新地高校を卒業した直後、津波にのまれて亡くなった。震災前週の3月3日、一家は3世代で瑞姫さんの誕生日会を開いた。就職が決まり、卒業式がすみ、運転の仮免許を取得したことを祝った。

瑞姫さんの遺体は、被災の翌日、自動車学校の送迎バスの車内から見つかった。「人の悪口を言わないやさしい子でした。結婚だって子育てだってしたかったはず。社会人として働くことをすごく楽しみにしていました」

新地高校では瑞姫さんら卒業したばかりの8人と在校生1人が津波の犠牲となった。その6年後、生徒会が企画して、9人を追悼する沙羅の木が中庭に植えられた。被災時の思いを風化させないという願いを込めて「おもひの木」と名付けられた。

植樹から3年、まっすぐに伸びた幹と枝が若々しい。拍車のかかる少子化により、明治時代から続く学校史が幕を閉じる日が来るかもしれない。それでも、この沙羅の木だけは残してほしいと願った。(20・3・11)

金閣寺炎上

70年前のきょう、京都で金閣寺が焼失した。14歳の徒弟僧だった江上泰山(たいざん)さん(84)は午前3時ごろ、異様な音に眠りを破られた。障子には炎が映る。慌てて飛び出すと、天を突く火柱が見えたという。

「シャッ、シャッと松の葉が音を立てていました。散水器も消火用の砂も役に立ちませんでした」。すさまじい火勢にだれもが立ち尽くす。金閣を囲む鏡湖池（きょうこち）に火の粉が花火のように降り注いだ。

21歳の兄弟子が火を放ったとわかったのは夜が明けたあと。点呼に一人だけ姿がない。居室はもぬけの殻で、碁盤と目覚まし時計が残されていた。夕刻、寺の裏の左大文字山で発見され、連れて行かれた。

兄弟子は出所からまもなく26歳で病死する。「いくら考えても、火を放たなくてはいけないような事情は思い当たらない。あの夜、あの一瞬だけ何かが外れたとしか言いようがありません」と江上さん。刑務所からは「お許し下さい」と懺悔（ざんげ）する手紙がたびたび届いたという。

取材後、三島由紀夫の『金閣寺』を読み直した。金閣の美に魂を奪われたとの見立てはなお古びていない。もう1冊、水上勉が20年かけて動機に迫った『金閣炎上』は、地味ながらズシリと心に響く。終戦から5年、貧しい学僧の胸には、復興の上り坂からひとり取り残されるような焦燥がなかったか。

梅雨の晴れ間に金閣寺を歩く。再建がかない、昭和の大修理をへて、世界遺産にもなった。70年前の青年僧の一瞬の狂気の跡は、境内のどこにも見えなかった。（20・7・2）

感染ゼロの街

「安心して感染したい」。その言葉を見かけたとき、何ごとかと目が釘付けになった。ある5コマ漫画に付された題。感染者がひとりも出ていない町に暮らす人々ならではの心のひだが描かれていた。

「狭い町で噂になるから一人目にだけはなりたくないわ」「感染したって分かったらすぐに村八分にされんぞ」。新潟県見附市の公式フェイスブックに先月載った作品だ。不安を訴える住民に続き、作者が自らつぶやく。「噂するのも村八分にするのも後ろ指さすのも陰口を叩くのもウイルスじゃない。この、『ひと』なんだよなぁ」

描いたのは地元在住のイラストレーター村上徹さん(40)。人口4万の小さな市は感染者ゼロで推移してきた。「住民には重圧でした。もし感染しても、早く完治してねと励まし合う町であってほしいと絵筆を走らせました」

感染拡大の第2波がやまない。同じ不安に直面している市町村は少なくないだろう。「うちが感染源になったら、ご近所に申し開きできない」。当方も今夏、実家の親から幾度も念を押され、帰省をあきらめた。

さて見附市では先週、初めての陽性者が確認された。ウイルスは市町村の境目などものともしない。それなのにウイルスではなく、感染者と家族ばかりをなじる言動が各地でいまなお絶えない。

ことここに至れば、大切なのは、陽性者が出たあとの対応であろう。老若男女、だれもが安心して感染できる世の中でありたい。そうなれば闘う相手はウイルスだけで済む。（20・8・24）

火星の人

人事課長や経理課長ならどの職場でもおなじみだが、「火星課長」という役職があるとは知らなかった。今秋、創立１００周年を迎えた天文同好会「東亜天文学会」である。研究者と愛好家が集う場だ。

伝説の火星課長が昨年80歳で亡くなった。福井県出身のアマチュア天文家、南政次（まさつぐ）さん。観察歴65年、課長在職20年。「火星は地球の弟星」と説き、国内外の愛好家のまとめ役を果たし、数万枚の緻密（ちみつ）な観測スケッチを残した。

現物を見ると、鉛筆描きの絵が実に鮮やかである。「火星の四季をくまなく観察するには、地球との公転周期のずれを考えると最低79年かかる」というのが持論。「一生かけても網羅はできない」と話した。

「本業は大学の数理学者。でも火星研究の時間を奪われたくないとあえて昇進を避け、観測を優先する人でした」。ふりかえるのは観測のバトンを受け継いだ前福井市自然史博物館長の吉澤康暢（やすのぶ）さん(75)。おととし夏の「大接近」の際は、徹夜で観察をともにしたそうだ。

あす6日は火星が地球に2年ぶりに近づく「準大接近」の日。この時期、望遠鏡をのぞけば火星の表面が驚くほどくっきり見える。火星には地図もあり、「真珠の海」「オリンポス山」「南極冠」といった呼称が定着しているそうだ。

ちょうどいま、アラブ首長国連邦（UAE）など3カ国が打ち上げた探査機3機が一斉に火星をめざして飛んでいる。人類を魅了してきた赤い「弟星」、せめて明晩くらいじっくり拝んでみようか。(20・10・5)
＊2019年1月28日死去、80歳

アユの里で

熊本県南部を流れる球磨（くま）川はアユの生息地として知られる。急流育ちは筋肉質で、体長30センチ超の「尺アユ」も珍しくない。だが今年はまるで釣れない。7月の豪雨で流されてしまったからだ。

「網にかかっても数匹、みな小さい。エサの藻やコケがやられ、残った魚も育ちようがありません」。そう話すのは八代市坂本町の森下政孝さん(79)。高齢化の進む地元に活気を取り戻そうと、3年前、アユ料理店「食処さかもと鮎やな」を開いた。

夏と秋の限定で、住民が交代で切り盛りする。県外からもバスが次々に着き、昨季は念願の黒字化を果たす。ところが今年はコロナ禍で店を開けず、豪雨は店のテーブルまで押し流した。

ただ一つ、店に戻ってきた物がある。店名を大書したスギ材の看板だ。川から八代海へ押し出され、20キロも先の天草の島に漂着した。流木回収中の島民が見つけ、翌月ほぼ無傷で再び店に。

「コロナと水害のダブルパンチに参っていましたが、よしもう1回がんばろうと思いました」

流域を歩くと、氾濫の跡はなお生々しい。川岸にショベルの音が響き、壁や床のない家々が心細げに立ちすくむ。さらにダム建設をめぐって賛否が対立する兆しもある。人命と清流をともに守り抜く治水の決め手はないものか。

訪れた日、川面は晩秋の陽光に輝いていた。奇跡の看板は畳半分ほどの大きさで、墨痕もそのまま。持ち上げると両手にズシリと重い。店の片隅に置かれ、人々がアユ料理に再び舌鼓を打つ日を待つ。(20・11・25)

はかなきクロワッサン

いっこうに収まる気配のない太平洋岸の軽石被害。その吹き出し口とされる小笠原諸島の活火山「福徳岡ノ場」を先週、社機で上空から取材した。

羽田から南へ1300キロ。めざす島は拍子抜けするほど、はかなげだった。いかにも小ぶりで、一片のバターを乗せたクロワッサンのよう。今夏の噴火直後はU字形をしていたが、まもなく平仮名の「い」状に。その右半分が水没し、クロワッサンだけが残った。

海面には茶色のすじが何本も見える。軽石の列だ。太いところは帯状で、細いところはひものよう。ここから流れ出した大量の軽石が、漁船の出港を邪魔し、モズクの養殖を妨げてきた。

帰路、同じ小笠原諸島の西之島も見た。8年前から噴火を繰り返してきた。硫黄臭がツンと鼻を突く。もうもうと白煙を吹く火口を見ていると、地球の奥底の熱を排出する煙突のように思われた。

有史以来、最も激甚とされる噴火はインドネシアのタンボラ火山で19世紀の初めに起きた。幾万の人命を奪い、北半球の平均気温を下げた。古代ローマではベズビオ火山が大都市ポンペイを壊滅させ、わが国でも江戸後期、浅間山が火砕流と凶作をもたらした。

日本には富士や阿蘇を含め111もの活火山がある。福徳岡ノ場もその一つ。荒波に削られ、とても年を越せそうには思えない。それでも水面下には「北福徳カルデラ」という巨大な火山がそびえ立つ。いつ牙をむくとも知れず、とかく海面上の事象に目を奪われがちなわが身を戒めた。

(21・11・16)

90歳の絵本作家

こどもの日のきょう、家や書店、図書館でこの作家の本を手にする方は少なくないだろう。「からすのパンやさん」「だるまちゃんとてんぐちゃん」。作者かこさとしさんが卒寿を迎えた。「だるまちゃん」シリーズは来年で50周年。もともとはてんぐちゃんが主役のはずだった。「鼻からの連想でピノキオの二番煎じと言われる」と脇役に替えた。天狗(てんぐ)、天神、大黒、仁王らのほか、構想中の役が200もあるそうだ。

科学絵本でも新境地をひらいた。取りあげたのは海、川、光、脳、骨、原子、呼吸、物質、地震、地球、太陽、宇宙、時間。児童向けとなれば一級の科学者でもしり込みしそうな主題に挑んだ。細部まで描きこまれた鳥瞰図(ちょうかんず)が大人の読者も魅了した。

福井県生まれ。中2から軍人を志した。19歳で終戦を迎え、自分の世界観の狭さを悔やむ。

「自身を含めて大人の言うこと考えることは信用できないと悟った」

未来を見すえて懸念するのは、豊かな土壌が各大陸で失われつつあることだ。「100億人に達する世界人口はやがて賄えなくなる。食物の争奪が起きて戦争を招く」。何千年もの失敗を重ねながら私たちはなお戦争を止める知恵をもたない。

作品を貫くのは子どもの感性に対する敬意だろう。演劇や紙芝居で子どもたちと長く接した。大人には好評でも小中学生がそっぽを向くのはなぜか。絵と文だけで若い世代に何を伝えられるのか。90歳のいまも毎朝4時に起きて20代と変わらぬ難題と格闘している。(16・5・5)

校閲歌人の思い

宮木あや子さんの小説『校閲ガール』の主人公は出版社の校閲部員だ。赤鉛筆を手に原稿と格闘する。「ドラマ向きだな」と思って読んだが、実際にドラマ化された。きょうから日本テレビ系で放映が始まる。

「私の職場でも話題になった作品。校閲という目立たない仕事が本になるのかなと思いながら書店で手に取りました」と話すのは毎日新聞社の校閲記者、澤村斉美(まさみ)さん(37)。すでに歌集2冊をなす歌人でもある。校閲の仕事を詠んだ作品が光彩を放つ。

〈午前0時を越えて体力充ちてをり大連立不発の記事を読み直す〉。連日、未明まで原稿に目を凝らす。

誤字脱字探しにとどまらない。だれかを傷つけないか。誤った印象を与えないか。冷静な目で読み込む。〈「震」といふ字は敏感に忌避されつ震災ののちのスポーツの記事〉。

命は誰もがひとしく尊いと思いつつ、訃報記事には長短がつく。〈七行で済みし訃報の上の方、五十行を超えて伝へきれぬ死あり〉。言葉の選択には日々悩む。〈遺は死より若干の人らしさありといふ意見がありて「遺体」と記す〉。当欄も、校閲部門の同僚には助けてもらってばかりだ。人名地名から詩歌の引用まで救われた誤りは数え切れない。

「奥深い仕事です。九つの誤りを防いでも一つ見逃せば台無し。そのたびに落ち込みます」と澤村さん。〈ボールペン掠れはじめつ指先に力を込めて書く顛末書〉。日夜、言葉の大海に挑む校閲記者がいなければ新聞は1ページたりとも完成しない。(16・10・5)

晩秋に咲くヒマワリ

透き通った空の青、山を染める赤や茶を背に、10万本のヒマワリが咲き誇る。九州・脊振山系に抱かれた佐賀県みやき町の棚田は、季節外れのヒマワリを楽しむ人々でにぎわっていた。昨日まで約1カ月の開園中に今年は最多の1万9千人が訪れた。

「もともとヒマワリを観光資源にするつもりはゼロでした。休耕田を何とかしないと荒れて荒れて困る。何か植えておくかと15年前、試みに植えたのが始まりです」。園を運営する集落組合の真子生次(まなこいきつぐ)代表(69)は話す。

休耕田に植えるものと言えばソバかコスモスが浮かぶ。ここではあえてヒマワリを選び、お盆過ぎに種をまいた。満開が11月という意外さが受け、遠く関東からも訪れる名所になった。

「このあたりも田や畑で働く人は減る一方。作物を荒らすイノシシが人間より大きな顔で歩いています」。聞けば真子さんは読売新聞の元記者。佐賀支局に長く勤め、雲仙・普賢岳の火砕流取材などでも活躍した。退職したいまは農業に専念しているが、「このままでは日本中が耕作放棄地だらけになります」と憂慮する。

農業統計をみると、耕作放棄地はいまや全国に42万ヘクタール。ほぼ富山県に匹敵する面積である。耕し手を失った田畑をのし歩くのはイノシシに限らない。筆者が取材で訪ねた農山村はどこもサルやシカの食害に悩む。頼みのハンターが高齢化し、駆除もままならない。

冬支度が進めばヒマワリはやがてうつむき出す。棚田を歩きながら耕作放棄地の行く末に身震いした。(16・11・28)

オケ老人をめざす

引っ越したばかりの町で胸弾ませてアマチュア交響楽団に入団してみると、団員はだれもかれもお年寄りばかり。公開中の映画「オケ老人!」である。杏(あん)さん演ずる主人公が、相次ぐトラブルに目を回しつつ、人と人をむすぶ音楽の力に目覚めていく。

「現実離れした場面もありましたが、老人の持つパワーと団結力の描写は見事です」と話すのは、ちばマスターズオーケストラの佐久間英機(ひでき)さん(72)。千葉県市川市を拠点に2005年にできた市民オケである。

平日午後の練習に参加できることが入団の条件。そのせいか定年退職者が多く、70代と80代が6割を占める。県内各地の特別支援学校での演奏に力を入れる。

最高齢はチェロの渡辺潔(きよし)さん(87)。長く石油大手に勤めた。「練習や公演に出かけて人と会うことがよい刺激になる。チェロは頭を使い、指も使う。一番の健康法です」。どうやら管楽器よりも弦楽器の方がお年寄りにやさしいらしい。

むろん年齢とともに弦を走る指の力は衰える。金管木管に吹き込む息も細くなる。だが練習中に誰かが突然倒れるなどトラブルが起きても動転しない。互いに気配りができる。年の功と言うべきだろう。

練習会場をのぞいた。次の演奏会は来月初めに迫っているが、室内の雰囲気は和やかそのもの。アマゆえ、ベテランゆえの余裕だろう。これまで自分に器楽の才はないとあきらめていたが、新聞社を卒業したら「オケ老人」を目指そうかと本気で考えた。できれば弦楽器にしたい。(16・11・29)

下積み17年のシンガー

〽毎朝渡すお弁当はあなたへのお手紙……。いまNHK「みんなのうた」で放送中の曲「お弁当ばこのうた」は、台所で野菜を刻む軽やかな音とともに始まる。

作詞作曲は半﨑美子(はんざきよしこ)さん(36)。初のメジャーアルバムが今月発売されたばかりのシンガー・ソングライターである。「家族とのふだんの会話とか知り合いから聞いた悩みとかから曲を作ります。作詞も作曲も独学です」

老眼鏡で新聞を読む父親に語りかける「永遠の絆」。若くして母親と死別した友人の思いを歌にした「深層」。作品世界はあくまで平明である。

家族の反対をおしきって札幌から上京し、東京・駒込のパン屋に住み込みで働きつつ音楽活動を始めた。下積み17年、自作ＣＤを携えて精力的に回ったのは各地のショッピングモールだ。延べ２００カ所以上で歌ってきた。

「音楽ホールやライブハウスって非日常の場所ですよね。でもモールは日常の場。私は日常を歌いたい」。なるほどモールへ買い物に来る人は音楽ファンとは限らない。老若男女それぞれの情感に訴える曲でなければ足を止めてもらえない。

〽心に撒(ま)いた種に涙の水を落として／誰の目にもとまらぬように静かに咲く……。津波による犠牲者の多かった宮城県石巻市に捧げた「種」である。歌を聴いてくれた人の打ち明け話から生まれた曲もある。売れない時代が長かった分、ごく普通の人々の思いをすくう感性が育まれたのだろう。伸びやかな歌声が、生きづらさを抱えた人々の胸に響く。（17・4・20）

鎮魂のドラレコ

このごろタクシーやレンタカーに乗ると、車内前方にある黒く小さな装置が目に入るようになった。ドライブレコーダーである。開発に携わった一人を横浜市の自宅に訪ねた。

電機大手に長く勤めた片瀬邦博さん(75)。四半世紀前、19歳の長男を交通事故で失った。バイクで帰宅中、横浜市内の交差点で、ダンプカーに追突されて亡くなった。

どんな交通状況だったのか、息子に何か落ち度でもあったのか。尋ねても警察はほとんど教えてくれない。目撃者を求めて2カ月間、夜ごと交差点に立った。新たな証言を得て高裁まで争ったが、「被害者に重い過失あり」とした地裁判決を覆すことはできなかった。

「これでは死人に口なしそのもの。どの事故遺族も真相がわからずに苦悩していたのだと痛感しました」。事故の直前直後、運転者が見た光景を映像に記録する装置の開発を思い立つ。民間の鑑識会社に提案し、試作を重ねて、15年前実用化にこぎつけたという。

タクシーやバスに比べれば普及率は低いものの、自家用車にレコーダーをつける人が増えてきた。きっかけの一つは昨年6月、東名高速で起きたあおり運転である。ほかに京都市や神戸市で起きた暴走事故でも、通りかかった車の映像が全容解明の手がかりとなった。

近年、車は進化を遂げ、安全性も高まってはきた。だが人間が「走る凶器」を運転する時代はこの先も続く。あらゆる車の衝突が自動で避けられる夢の時代が来るまでは、レコーダーの役割は大きい。（18・7・2）

歌会始の季節に

お正月気分が抜け、職場や教室がにわかに忙しくなる時分、新年恒例の「歌会始の儀」が催される。皇居から中継されるその行事は、ゆったりとした独特の節と旋律で際立つ。
あの空間で朗々と歌うのはどんな人たちなのか。「全員が宮内庁から嘱託を受けた非常勤です」と話すのは、歌を紹介する「披講諸役」のひとり、園池公毅さん(57)。本業は光合成を研究する植物学者。早稲田大学の教授である。

大学生のころ、元華族というつながりから、宮中の歌会に加わることになった。古今和歌集、後撰和歌集、拾遺和歌集の「三代集」は言うまでもなく、新古今和歌集や千載集などを加えた「八代集」もよく読みこんでおくよう求められたという。

旋律は「和歌披講譜」なる譜面を介して現代へ受け継がれてきた。楽譜とはいえ五線譜はない。すべては漢字と棒線だけ。「神」はド、「壱」はレ、「平」はミを意味する。暗号のようである。どの歌も独唱から始まる。途中から数人が加わり、男声合唱団を思わせる重厚な音があふれ出す。聴き始めこそ、のんびりした進み方にとまどうが、岸に寄せる波のようなリズムに身をゆだねるうち、数百年前の文人たちと同席したかのような不思議な感覚が身に染みこんでくる。

和漢の素養を動員し、風景や情感を三十一文字で表現し、それを一定の音律に乗せて披露する。和歌とは言ってみれば、文学と音楽の境界線あたりで栄えた総合芸術なのだろう。今年の歌会始は来週16日に開かれる。(19・1・7)

占領下の星くず

中国大陸で死線をくぐり抜けた兵士２人が、東京の闇市で再会する。天地が入れ替わったかのような世間の急変に惑う元軍曹と一等兵。今年の手塚治虫文化賞（新生賞）の受賞が決まった漫画『あれよ星屑』は、焼け跡の空気感を濃く伝える。

戦中戦後を知る世代の漫画家なのかと思いつつ読んだが、作者の山田参助さんは高度成長の末期に生まれた46歳。「子どものころ、松谷みよ子さんなどの児童文学に書かれた戦中戦後の描写に触れました。その後、当時を描いた映画を多く見て、田中小実昌さんや野坂昭如さんの小説を愛読しました」と話す。

描写は丹念である。当時の軍装を調べ、部隊の人数などは元自衛官に確かめた。必要なセリフには中国語やハングルを添えた。街並みを描くのには当時の報道写真が役立ったという。

描き出されるのは、人々が背負ったそれぞれの業である。戦地で捕虜を処刑した男は、手に残る感触にさいなまれる。夫に先立たれた妻は窮乏のあまり売春に走る。なりふり構わず必死に生き抜いた世情が浮かぶ。

しばしば敗戦により価値観が一夜で逆転したと語られるが、やはり人の心はそれほど軽くはない。当時はだれもが「戦中」をひきずり、あえぎながら「戦後」を生きたのだろう。読後感は重くて深い。

単行本全7巻。各章各ページから占領下の怒声や泣き声、笑い声が聞こえる。復員兵の葛藤を軸に実写化されそうな気がするものの、できればこの漫画の質感のまま作品世界に浸り続けたい。

(19・6・1)

第2のタクト

オーケストラの最後列に陣取り、雷鳴のような音を放つ打楽器ティンパニ。圧倒的な存在感がありながら、出番は決して多くない。ともすれば脇役に見えるあの楽器の魅力をかねて知りたいと思っていた。

「たしかに楽器としては不器用なほう。音域は狭く、舞台で失敗しても隠しようがありません」と近藤高顯(たかあき)さん(66)。新日本フィルハーモニー交響楽団で長く活躍し、『ティンパニストかく語りき』という著作をもつ。

神戸市出身の近藤さんは中学1年の春、ベルリンフィルの公演を聴き、音楽家を志す。だが、ピアノや弦楽器を習うには遅すぎた。トロンボーンは金属アレルギーで唇が腫れる。たどり着いたのがティンパニだった。

東京芸大をへてドイツに留学。子牛の革の張り方やバチの作り方まで学んだ。「公演中、ティンパニの一撃で団員の気持ちを瞬時にまとめることができます」。指揮棒に次ぐ統率力があることから「第2のタクト」と呼ばれるそうだ。

ベートーベン「第九」、ホルストの「惑星」――。近藤さんに教わったティンパニの名曲を聴き直してみる。嵐のような音が響くかと思えば、そよ風やさざ波を思わせる繊細な音も奏でる。徐々に強まる音は胸の高鳴りのよう。表現の幅は思っていたよりはるかに広い。

今年もまた各地で第九が演奏される季節になった。ホールへ足を運ぶ機会があれば、第2楽章におけるティンパニの縦横無尽な活躍を堪能していただきたい。寡黙な巨人のように際立つ楽器である。(19・12・19)

柿の木の35年

自宅の庭の柿の木が初めて実をつけたのは35年前の秋。人生で最もつらい時期だった。大阪府箕面(みのお)市の谷口真知子さん(72)には、色づいた実が夫からの贈り物のように思われ、涙が止まらなかった。

会社員だった夫正勝さんはその年の夏、羽田発大阪行きの日航123便に乗り、帰らぬ人となった。遺品の中には免許証と走り書きの遺書が。「まち子　子供よろしく　大阪みのお　谷口正勝」。かすかに血と煙のにおいがした。

柿の実に気づいたのは、沈んでいた中1と小3の息子である。5年前、自宅を新築した際に夫が手ずから植えた木だ。「桃栗3年柿8年と言いますが、それよりも早い。私たちのために実らせてくれたとうれしくなりました」

そんな体験をもとに真知子さんは絵本『パパの柿の木』を刊行する。「明日もあさっても続くと信じていた日常が、突然絶たれた。家族で過ごす当たり前の日々がどんなに大切か伝えたいと思います」。事故後、周囲に助けられながら息子を育て上げ、3人の孫も生まれた。

きょうで墜落事故から35年。〈皆おなじ親子に逢(あ)いに御巣鷹に〉。同じ便に乗り合わせた女性客を悼む母親の句が、遺族の文集『茜雲(あかねぐも)』にある。失われたのは乗客ら520人もの尊い命。それぞれの遺族がくぐり抜けてきた歳月をかみしめる。

取材の日、庭の柿の木に触れた。幹は太く、葉は厚い。何十もの青い実が夏の日に輝く。家族ならずとも、正勝さんがそのたくましい木に宿っているように感じられた。(20・8・12)

ゴリラ舎まっしぐら

好きなもの、関心が続くものは人それぞれ。だが周囲がすんなり納得してくれるとは限らない。ゴリラを描くこと36年。埼玉県の画家阿部知暁(ちさと)さん(64)はゴリラ好きのわけを尋ねられるたび説明に窮してきた。

出会いは小6の修学旅行。高松市にあった動物園でオリをたたくゴリラに思わず腰を抜かす。それを見て2頭が笑うではないか。「人の気持ちがわかるんだと驚きました」

ゴリラ見たさに訪ねたのは22カ国。ルワンダ、ガボンなど生息地も訪ねた。描き始めた頃、「ゴリラなんか一頭観察すれば足りるはず」と言われた。「でも性格や表情はそれぞれ違う。同じボスでも徳のある者と徳のない者がいる。その個性を描きたいんです」

動物園に行けば、ゴリラ舎へまっしぐら。閉園までスケッチに徹する。芸大で鍛えた技法と愛情あふれる画風が注目され、各地で個展が開かれるように。折しも名古屋市内では21日まで作品展を開催中。代表作を集めた絵本も福音館書店から刊行されたばかりだ。

精緻(せいち)な筆遣いに魅せられ、取材の日、油彩の手ほどきを受けた。とびきり難しいのは額や鼻、口元。「瞳を描くときは呼吸を止め、雑念を排して一気に」。そんな教えに画家の気迫を感じた。

〈知之者不如好之者、好之者不如楽之者〉。これを知る者はこれを好む者にしかず、これを好む者はこれを楽しむ者にしかず。論語にある言葉だ。何か一つ好きなものを楽しみ、究める。真に打ち込めるものを持てば人生はどこまでも輝く。（21・12・12）

幻視画伯の思い

東京都大田区に住む元区立図書館長、三橋昭（みつはし）さん（73）は朝、目覚める寸前に不思議なものを見る。洗濯ハンガーにぶらさがる小人。花びらを吹き出すエアコン。反転したSとKの文字。どれも幻視である。

「昼寝では見えません。朝まだウトウトしている時にだけ現れます」。最初に見えたのは69歳の冬。目の病気を疑ったが、家族には内緒にした。だが大学病院でレビー小体型認知症と診断され、気持ちが定まる。せっかく見えた幻視だ、絵に描きとめてやるか、と。

巨大な靴を頭にかぶったガイコツ。逆立ちした平仮名の群れ。8本足の馬。ほとんどは黒の線画だが、カラーの日もある。若いころ映画制作に携わった経験から、浮かんだ像を正確に記憶しようと努めるものの、ほんの数秒で消えてしまうという。

主治医から絵の出版を勧められ、『麒麟（きりん）模様の馬を見た』をおととしの夏、刊行した。講演を頼まれ、絵の個展も開かれた。幻視画はカレンダーにもなった。「幻視のおかげで退屈知らずの日々を送っています。

ご自宅で原画を拝見して考えたのは、介護施設で暮らす認知症のわが父のこと。親族の顔がわからなくなったかと思うと、直近の国政選挙を堂々と論じだす。これまで家族としてとまどうばかりだったが、病気への見方が変わった。

ホンワカとした三橋さんの幻視世界。そこには人と動物の境がなく、時空に壁がない。想像力が自在にはばたく作品群から、認知症と向き合う生の奥深さ、そして豊かさを学ぶ。（22・9・7）

現場にこそ

フェンスに貼られた×

×、×、×、×、×、×。沖縄県の米軍嘉手納基地で多くの×（バツ）を見た。女性遺棄事件に憤った住民たちが赤や黒のビニールテープで基地フェンスに貼り付けた抗議の印である。基地は容疑者の勤務先だった。

被害女性の住まいは基地から東へ車で10分、金武湾を見下ろす高台にある。真新しいアパートの外壁に、シーサーが掲げられている。沖縄の家々に見られる魔よけの獅子だ。女性はここで交際中の男性と結婚を前提に暮らしていた。

遺体はそこから北へ車で30分、米軍キャンプ・ハンセンに近い雑木林で見つかった。花束が供えられ、警察官が遺留品を捜している。

現場は県道104号のすぐわき。米軍が1997年まで「県道越え実弾砲撃」演習をしたあたりだ。演習は本土へ移転されたが、一帯は米海兵隊の訓練の場として使われている。ここを選んだのは容疑者に土地勘があったのか。海兵隊に属した時期、通った道なのかもしれない。

きのうは名護市内の斎場で、被害女性の告別式が営まれた。「20歳の娘がこのような形になってしまい、ただただ残念でなりません。無事に生きて帰ってくる事だけを考えていたので今は何も言えません」。遺族は前日そんな談話を出した。

人生が20歳で絶たれるなど、だれに想像できよう。高校を卒業し、就職もし、成人式をへて、次はきっと結婚を夢見ていたことだろう。まさに開こうとする花が一夜で無残にも踏みにじられた。怒りが胸にこみあげ、×の列を指でなぞった。(16・5・22)

アマランサスの里

中南米原産のアマランサスという穀物がある。先住民の食を支え、年貢として納められ、神殿の儀式に用いられた。だが16世紀以降、侵攻したスペイン人たちは「邪教の植物」と栽培を禁じ、畑に火を放った。

中南米で主要作物の座から降ろされて数世紀。米国で健康志向の高まった1970年代、栄養価の高さが脚光を浴びた。日本でも「スーパーフード」として店頭に並ぶようになった。

どんな姿で育つのか。産地のひとつ長野県伊那市を訪ねた。草丈2メートル、オレンジ色の穂が南アルプスを背に輝く。伊那商工会議所や信州大学が連携し、10年ほど前から植えてきた。希望する農家に種をわけ、小中学校が給食にとりいれた。

「鉄分が豊富で、プチプチした食感が好評です。パスタにも合います」と、伊那市内で雑穀レストラン「野のもの」を営む吉田洋介さん(49)。共同通信社の記者だったが退社して伊那へ。アマランサスをいかしたレトルトカレーを商品化した。

伊那へは原産地グアテマラから農業研修生らが訪れた。「内戦が30年も続き、栽培は途絶えかかっていた。食べたことのない人もいます」。失われた食文化に日本で再会して一行も何かの縁を感じたことだろう。

雑穀ブームを商機とみた企業から引き合いはあるが、量産はできない。機械による収穫がむずかしいからだ。それでも地元では特産化をめざして試行錯誤が続く。信州産アマランサスが世界に知られ、はるかマヤ、アステカの地へ輸出される日を夢想した。(16・9・5)

かかしの里を歩く

野良仕事に励むお年寄り、三輪車で走る男の子。思わず「いいお天気ですね」「車に気をつけて）と声をかけたくなるが、実はかかしである。先日、兵庫県姫路市安富町の「奥播磨かかしの里」を歩いた。

町出身の人形作家岡上正人さん(64)の作品である。生保会社に勤めていた12年前、赴任先の徳島県で地元女性の作ったかかしに魅せられた。「かかしで山村に活気を」。転勤した鳥取市で自らも針を手にした。退職して安富町の実家に工房を構え、130体をバス停や道路脇に置いた。11戸17人の住人よりはるかに多い。

「昔は100人以上が住むにぎやかな里でした。寂しくなる一方でしたが、かかしが新聞やテレビで紹介され見学がとぎれません」。韓国からも団体客がやってくる。

南米アルゼンチンからは外務省職員マリア・フロレンシア・ザイアさん(40)が昨秋、自費で訪れた。「まるでおとぎの国。日本の山村文化の根源は何かと考えました」。触発されて小泉八雲の日本論を読み、いまは里が舞台の小説を執筆中という。

制作依頼は絶えないが、岡上さんは有名人に似せたかかしは作らない。アニメものもお断り。「あくまで町おこし。置いて風景に溶け込むものにこだわりたい」。なるほど里のかかしの表情は地味で穏やかで気取りがない。

大阪や福井など各地の店舗や公共施設に置かれたかかしたちが13日、里親とともに戻ってくる。恒例の「ふるさとかかしサミット」だ。晩秋の山里にかかしと人の笑顔が広がる。(16・11・5)

貫一お宮はDVか

日本近代文学で最も有名な男女の別れと言えば、尾崎紅葉（こうよう）著『金色夜叉（こんじきやしゃ）』の貫一とお宮だろうか。「来年の今月今夜になったならば、僕の涙で必ず月は曇らして見せる」。資産家の男を選ぶお宮に絶望し、貫一が蹴りつける。舞台の熱海海岸にはその場面が銅像で再現されている。

31年前にできた像の台座に今春、小ぶりな説明板が取りつけられた。「物語を忠実に再現したもので、決して暴力を肯定したり助長するものではありません」

熱海市によると、「ドメスティックバイオレンスを是認していると外国人に誤解される」という指摘があった。増え続ける外国人客に正しく理解してもらうため、日英両語の説明文を添えたという。

新聞やテレビで報じられ、ネットもにぎわせた。「女性を足蹴にした像そのものを撤去すべきだ」「いや文芸に釈明は不要。パネル設置は余計だった」。賛否の意見は市にも届いた。

今回の文案をめぐって市は慎重のうえに慎重を期したというが、それでも新たな批判を招いた。とかく極端な意見にふりまわされがちな昨今、「中庸」がどこか見定めるのは誰にとっても至難のわざである。

熱海に泊まる外国人は中国、米国、台湾、韓国の順に多い。「実際に像を見て目くじらを立てる外国人は見たことがありません」と観光ボランティア田中明博さん(66)は話す。ほぼ毎日、像の前で観光客に接する。像とは逆に、女性が男性を蹴るポーズを取って楽しげに撮影するカップルが圧倒的に多いそうだ。(16・12・1)

踏切に立って考える

横浜市に住む主婦、加山圭子さん(61)は12年前、75歳の母を踏切事故で亡くした。東京都足立区の竹ノ塚駅を通過した東武伊勢崎線の準急電車にはねられた。

ほかの事故の遺族らと支え合う場「紡ぎの会」をつくった。事故をなくす手立てを探ろうと、できる限り多くの事故現場に足を運んだ。遮断機がない、段差が多く車いすで動きにくい、時間内に渡りきれない。踏切の抱える問題の多さを痛感した。

その加山さんがきのう花束を携えて降り立ったのは、川崎市川崎区の京浜急行・八丁畷(はっちょうなわて)駅である。先週土曜の朝、踏切内に入った77歳の男性と、救おうとした52歳の銀行員が亡くなった。「ほかの死亡事故の現場に比べると、渡る距離が非常に短いですね」と加山さん。「すぐに渡れそうに見える分、実は危ない。電車って気づいたらあっという間に来るんです」と静かな声で話した。

筆者が歩いて測ってみると、端から端まで十数歩。「カンカンカン」と警報が鳴り出してから電車が来るまで45秒である。杖をついた高齢女性が警報にせかされて、精いっぱいの急ぎ足で渡っていく。

踏切の脇に立ち、轟音とともに駆け抜ける列車を何本も見送った。高度に進化した列車運行システムのなかで、踏切ほど昔のままの原理で、踏切ほど危うい装置があるだろうか。無理やり入り込む人を阻むこともできない。身を挺して救助しようとした行員の目には、どんな光景が見えていたのか。供えられた花々が列車の風圧ではかなげに揺れた。(17・4・18)

北のコスモス園から

「今年は綺麗なコスモスを見て頂くことが出来ません」。オホーツク海に近い北海道遠軽町のコスモス園でお詫びの貼り紙を何枚も見た。今年はいつになく花が咲かなかった。

「ご覧の通りポツラポツラとしか開花しません。種まきの6月に長雨にやられました」と多田久管理棟館長(58)。あまりに花がまばらで入園料300円を取っていない。台風が相次いで上陸した昨年に続く措置という。

開園は２００３年。10ヘクタールの丘に1千万本を植えて「日本最大級のコスモス園」を誇る。驚いたのは、花畑を世話する町民の熱心さだ。多い日は草取りに４００人近くが汗を流す。

園内には作業風景を収めた写真もずらりと貼り出されている。種まき、花火の準備、舞台の設営などに小中高校生や自衛官、地元企業の社員、自治会役員らが参加し、園を支えてきた。

〈淡紅の秋桜が秋の日の何気ない陽溜りに揺れている〉。40年前の秋にヒットした山口百恵さんの「秋桜」である。なるほど一輪が風に揺れる姿は、はかなく物悲しい。だが千本、万本が咲きそろえば、コスモスはたちまち祝祭の花と化す。開花前線は北海道から本州、四国、九州へと南下する。10月や11月に見頃を迎える場所もある。

遠軽の人たちはもう来季をにらむ。天候不順の今年でさえ、畑の耕し方、種の植え方によっては鮮やかに咲きそろう一角があった。来年はきっと大丈夫。オホーツクの潮風を浴びながら、淡紅、紅、深紅など色彩の丘がよみがえる姿を思い描いた。（17・9・24）

ごんぎつねの道

彼岸花の燃え立つ秋である。作家新美南吉の故郷、愛知県半田市では矢勝川の両岸を３００万本が紅に染め上げる。代表作『ごんぎつね』で南吉が「赤い布のよう」と書いた風景を再現しようと住民らが植えてきた。

小学校の教室で「ごん」を読んだ日の衝撃は忘れられない。火縄銃で撃った後に、ごんのやさしさに気づく兵十。これほど切ない物語を書いたのはどんな人物なのだろう。

「文学に満々の自信を持ちながら、身体が弱く生活力もないという劣等感にさいなまれました」と半田市にある新美南吉記念館の遠山光嗣学芸員(45)。東京外国語学校で軍事教練の単位を落として教員免許を取り損ねる。出版社で働く夢もかなわない。卒業の1936（昭和11）年は深刻な不況だった。

病んで故郷に帰るが、断られ続けた末に入った飼料会社で、不本意にもヒヨコの飼育を命じられる。「また今日も己を探す」「はみ出した人間である。自分は」と日記で嘆いた。

恋も実らない。相思相愛の女性に縁談が持ち込まれ、泣いて身を引いた。「ぼくはやぶれかぶれの無茶苦茶だ　やぼったくれの昨日と今日だ　雨だ雨だ」と親友に手紙を送った。

『牛をつないだ椿の木』『おぢいさんのランプ』『花のき村と盗人たち』。童話のいくつかを読み直した。この世は苦難の連続だが、誠実に正直に生きよう。報われなくても孤独に屈してはいけない――。そんな信念が作品を貫く。苦難に満ちた29年間の生涯を思い、彼岸花の咲く堤を歩いた。（17・9・30）

桜を守る

今年、沖縄県の南大東島で緋寒桜が咲き始めたのは1月7日である。以来4カ月、桜前線はいま、北海道の道南や道央を過ぎ、日高山脈も越えて道東にさしかかりつつある。

道東を代表する釧路市あたりでは、本州でおなじみの染井吉野をほとんど見かけない。主役の座にあるのは蝦夷山桜だ。冬の寒さに耐え抜き、濃い紅の花を咲かせる。蝦夷山桜のほか、千島桜、地元で開発された釧路八重なども春の街を彩る。

そんな北の桜たちを育てるのが、「桜守」の務めだ。釧路市では桜守を増やす塾が昨年、発足したばかりだ。「桜は植樹よりも育樹に人手がいる。樹木医や園芸業者らから学んでもらい、健康な桜を次世代につなぎたい」と塾長の浜木義雅さん(77)は夢を語る。

これまでに住民約60人が登録した。接ぎ木や剪定のコツ、花を咲かせて疲れた木をねぎらう「お礼肥」の施し方、伝染病の見分け方などを多面的に学ぶ。

釧路の人々から幾度も聞いたのは、公開中の映画『北の桜守』の話題だ。鑑賞すると、紅色の蝦夷山桜がスクリーンから客席へ舞い出すようで、なるほど壮観である。吉永小百合さん演じる桜守が傷んだ幹に墨と糊を塗り込み、いとおしむように枝を摘む姿が幻想を誘う。

それにしてもこの春ほど急ぎ足で桜が列島を駆け抜けたことが近年あっただろうか。全国津々浦々の桜守たちもきっとあまりの早さにとまどったことだろう。できれば来年はもう少しゆっくりと、のんびりと北上してほしい桜前線である。(18・5・6)

涼しき高原野菜

八ケ岳から涼風が吹き、はるか南には富士山も見える。標高1千メートルの長野県富士見町で栽培される高原野菜がある。ルバーブだ。大地から伸びる茎の鮮やかな紅色が目に飛び込む。

フキに似た野菜で、ジャムや洋菓子、肉料理のソースが評判を呼ぶ。シベリア原産で熱や日差しに弱く、冷涼な土地でしか栽培できない。富士見町では十数年前から「ルバーブで町を売り出そう」と栽培者を増やした。生産量で日本一となったのは、都会からの移住組がその輪に加わったことも大きい。

その一人がルバーブ生産組合の販売部長三宅満さん(69)だ。長く厚生労働省に勤め、中国残留孤児の身元調査やインドネシアでの戦没者の遺骨収集に奔走した。退職後、富士見町へ居を移し、ルバーブと出合う。

「意外と手がかかりません。収穫して3週間後には次の葉と茎が出てくる。農業とは疎遠な人にもなじみやすい」。いま栽培者は約１００人。グルメ番組などで紹介されると、注文が殺到し、てんてこ舞いとなる。

ルバーブの別名は「食用大黄（だいおう）」。消化を促す薬効で知られる「大黄」の近縁種である。カナダが舞台の小説『赤毛のアン』にも登場する。食欲の衰えた高齢女性にアンがゼリーを届ける。20世紀初めの欧米でも、その効果が知られていたのだろうか。

富士見町のルバーブ畑で、三宅さん夫妻が育てた1本を生でいただいた。強い酸味に驚くが、少しも後をひかず、爽快感だけが残る。一陣の風のような涼味に、地上の猛暑を忘れた。（18・8・27）

ゾウのスキンケア

この冬は乾燥がこたえる。肌で感じるカサカサ度は例年の比ではない。保湿剤や加湿器ではとても追いつかないほどだ。潤いが足りないのは人間だけかと思いきや、この時期、動物たちもかなり困っているらしい。

東京の上野動物園で聞くと、アジアゾウは4頭とも冬の間、保湿処置が欠かせない。飼育係の志田昌信さん（31）は「今年はたしかに乾燥が目立ちます。放っておくとあかぎれやひび割れを起こし、表皮から出血します」。意外な繊細さである。

特に弱いのは、ほお、耳、爪、わき腹、しっぽの先あたり。飼育係は初冬から春先まで毎週、たっぷりのオリーブオイルを刷毛で塗る。なめても害はなく、塗るたびくすぐったそうなそぶりを見せる。目のまわりなど塗った跡がくっきり黒ずみ、パンダのようだ。三十数年前から続く冬恒例のお手入れである。

高温多湿の森や密林からやって来た動物たちゆえ、厳しい日本の冬の乾燥になかなか対応できない。ほかに西アフリカが生息地のコビトカバも、頭から足先まで全身にオリーブオイルを塗るそうだ。

さて、この冬は太平洋側で雨が極端に少ない。東海や近畿では河川に「瀬切れ」が起きている。水が干上がり、流れが途切れてしまう現象だ。アユなどの遡上に影響が出ないか、漁業関係者は気をもむ。

大地ですら水分を失い、「乾燥肌」状態を呈するとは、乾きもいよいよ深刻である。やわな人類の一員としては朝晩、クリームやオイルでこまめに自衛するほかないだろう。（19・1・24）

空也を運ぶ

薄く開いた口から6体の極小の仏様がニョロニョロと飛び出す。歴史の教科書でおなじみの空也上人の像である。僧の名は忘れても像は印象鮮烈で忘れがたい。展示中の東京国立博物館を訪ねた。

運慶の四男・康勝作と伝わる木像は、間近で見ると首回りや手足に力がみなぎる。来場者が一様にのぞき込むのはやはりあの口元。細い金属線の上に並ぶ極小仏は、空也が唱えた「南無阿弥陀仏」を視覚化した。しかし作りはいかにもはかなげだ。所蔵する京都・六波羅蜜寺からどう運んだのか。

「ポキッとなったら大変。まずは外して運ぶ方法を探りました」。担当した日本通運関西美術品支店の徳山宜和（よしかず）さん(46)は話す。しかし調べてみると、金属線が上人の舌に接着され、外しようがない。腹を決め、そのまま運ぶべく寺や博物館と打ち合わせを重ねた。

工芸品輸送のために開発された「薄葉紙（うすようし）」が活躍した。指先で裂ける純白の紙で、筒やヒモ、ヘルメットまで自在に手作りできる。極小仏もこれでくるみ、像全体を特製の木箱で囲う。振動で折れないよう木材で支え、万全を期した。

運ぶのも一苦労。温度と湿度を一定に保ったトラックで高速をひた走ること約３７０キロ。展示室で無事な姿を確かめるまで気が休まらなかったそうだ。「万に一つの失敗も許されない。梱（こん）包（ぼう）を解く一瞬の緊張たるや……」

空也を鮮やかによみがえらせた仏師の腕前には舌を巻く。それから八百余年、梱包と輸送の職

人たちの心意気にも感じ入った。（22・4・22）

アサリの春

潮干狩りの歓声が海辺に響く季節となった。かつて九州南部でアサリの名所として知られた鹿児島県始良（あいら）市の重富海岸ではしかし、今年も潮干狩りが禁止に。とれなくなった貝類を復活させようと干潟再生の試みが続く。

「アサリの養殖を軌道に乗せ、浜に活気を取り戻したい」。地元漁協の「アサリ研究会」代表、中原良信さん(72)は話す。消防士を定年退職後、養殖に本腰を入れた。

貝が減りだしたのは30年ほど前。禁漁や稚貝放流といった努力も増殖につながらない。中原さんらは養殖実績のある三重・鳥羽を視察。貝殻や石を入れた網袋を浅瀬に置き、ようやくアサリの幼生が袋内に付着した。

だが一筋縄ではいかない。南にしかいなかった種類のエイがわんさか北上。貝を食べ散らかす。台風の直撃で養殖網ごと吹き飛ばされた年もある。「どうすれば天敵のチヌやエイに袋を破られないか。どうやって強風に耐えるか。自然相手の仕事ですから」

自然の脅威だけではない。アサリには産地偽装という逆風も吹きつける。輸入モノを「熊本県産」と偽る長年の不正が発覚したばかりだ。「私らのは正真正銘の地元産。ここの水と砂とプランクトンで育てれば、ほれこんなに」。すくい上げたアサリはぷっくり丸く、陽光に輝いていた。

潮が引いた浅瀬を歩いた。長靴越しに春の海の温かさを感じる。顔を上げれば目の前には桜島が。堂々たるその姿を見ながら、遠からず潮干狩りが再開され、干潟に歓声が戻ることを祈った。

（22・5・5）

元首相の葬送

取材ヘリに乗り、安倍晋三元首相のなきがらを運ぶ車の列を見た。東京・芝の増上寺を出た車が向かったのは自民党本部、首相官邸、国会議事堂。権力の回廊をひつぎが行く。

追悼の黒い人波が見えた。東を向けば両国の国技館が視界に入る。トランプ前米大統領をここに招待したのは3年前。元首相は並んで大相撲の千秋楽を観戦した。安倍外交の山場だった。

西側には新宿御苑が見える。「桜を見る会」の舞台で、地元支援者らを大勢招き、批判を招いた。森友・加計問題についても、本人から説明を聞く機会が永遠に失われた。

この人が撃たれて亡くなるなどだれが予測しえただろうか。銃声は日本の治安に寄せる信頼も打ち砕いた。容疑者は宗教団体に恨みを抱いていたようだが、衆人環視の中、元首相が惨殺されたという事実はあまりに衝撃が強く、いまだに受け止め切れていない。

思い起こせば、子どものころにも似たような感覚をニュースから受けたことがある。1970年の作家三島由紀夫の自決だ。周囲の大人たちに事件の意味を尋ねても、だれもが咀嚼(そしゃく)できていないように映った。そんなことを考えているうち、眼下には防衛省、そして三島が自衛隊員に決起を呼びかけた建物も見えてきた。

葬列は国会の前で視界から消えた。一つの時代が終わった。それでも何事もなかったかのように人や車が行き交い、巨大都市・東京は脈動している。ゆく河の流れは絶えずして、しかも、もとの水にあらず。その一節を思う。(22・7・13)

銘酒ふたたび

不思議な名前のお酒を見つけた。「緒方洪庵」。ラベルには歴史の教科書で見たような肖像画も。福沢諭吉らを育てた幕末の蘭学者がなぜ? 由来を知ろうと愛媛県西予市へ飛んだ。

聞けば、4年前の西日本豪雨で一度は途絶えた銘柄だという。洪庵ゆかりと伝わる「緒方酒造」が、商標を登録して30年ほど前から販売してきた。だが肱川(ひじかわ)の決壊で酒蔵も被災。経営者は酒造再開を断念した。「偶然が重なって復活したお酒です」と話すのは市の産業部係長の清家卓(せいけすぐる)

さんだ。
「酒造はやめるが、文化的で知的な交流の場にしたい」。蔵元が跡地利用について相談したのが、災害ボランティアとして何度も現地を訪れた大阪大教授の佐藤功さんだった。清家さんらと交流組織を立ち上げ、復興の象徴に銘柄復活を据えた。

適塾をいわば原点とする大阪大と提携したことで、洪庵との縁も裏付けられた。蔵元の緒方家の系図を大学で調べたところ、戦国時代にさかのぼる縁戚関係が確認できた。大学は商標を譲り受け、兵庫県内の酒造会社に託して味も見た目も一新した。

昨春、酒蔵に市長や住民らを招いて試飲会を開いた。「復興はきつい仕事でギスギスしがち。久々の明るい話題でした」と清家さん。新たに愛媛産の酒米「しずく媛（ひめ）」を使うことも決まり、地元はさらに活気づくと話す。

洪庵の生原酒を試飲した。芳醇でさわやかな味わい。折しも新台風がまた列島へ。雨雲渦巻く天気図を見つつ、水害に屈しない人々の美酒を味わった。（22・9・23）

奇人、大人、南方熊楠

在野の碩学（せきがく）として名高い南方熊楠（みなかたくまぐす）が生誕150年を迎える。いまの暦で言えば5月18日生まれ。ちょうどこの春、展示施設を一新した南紀白浜の南方熊楠記念館を訪ねた。

谷脇幹雄館長(66)の案内で、その一生をたどった。幼いころから知識欲が旺盛で、記憶力は抜群。授業には退屈するが、図書館や博物館なら何日通っても飽きない。東大予備門（いまの東大教養学部）を中退し、英米、キューバなど海外で14年を過ごす。英科学誌ネイチャーに多くの論文が掲載された。

「知の妖怪」「日本のレオナルド・ダビンチ」。異才天才像が流布して久しいが、地元には奇人変人伝説も数多く残る。「全裸の熊楠さんに追いかけられた」「小便をかけられた」

同時に尊敬もされたのは、1929年、和歌山県を訪問した昭和天皇に進講したことが大きい。

粘菌研究者でもあった天皇の要望だった。予定時間を過ぎても天皇は質問を続け、粗末なキャラメル箱に入った標本を喜んで受け取った。

熊楠は戦中の41年、無位無官のまま亡くなる。〈雨にけふる神島(かしま)を見て紀伊の国の生みし南方熊楠を思ふ〉。戦後に南紀を再訪した天皇は、熊楠を懐かしみ、フルネームを歌に詠み込んだ。進講の日の印象がよほど鮮烈だったのだろう。

記念館の屋上からは田辺湾が一望できる。熊楠が生態系保護に心血を注いだ神島が、快晴の海に輝いて見えた。大賢は愚なるがごとし。知的探究心もさることながら、人を魅了する磁力もけた違いだったのだろう。(17・5・12)

猛将・長宗我部の悩み

土佐の長宗我部といえば、安土桃山時代に四国ほぼ全土を掌中に収めた猛将である。だが秀吉に攻め込まれ、合戦で家康に敗れて、歴史の表舞台から消え去る。

「江戸時代は家紋も家名も使うことを禁じられた。島という姓に改め、ある時期は門番の仕事に耐えた。再び元の姓を名乗ったのは大政奉還の後です」。そう語るのは17代当主の長宗我部友親(ともちか)さん(75)である。

元共同通信社経済部長。記者時代は安倍晋太郎、渡辺美智雄、土光敏夫といった政財界の要人を取材した。名刺を出すとだれもが驚いた顔をする。「ご子孫ですか?」。香川県が地元の大平正芳・元首相は、「わが家は長宗我部様の足元にも及ばないよ」と感慨深げだったという。

今春、『絶家を思う』という本を刊行し、家系の今後をめぐって揺れる思いを吐露した。家訓にいわく「水の流れに抗せざるが如く生きよ」。その言葉通り、家制度にこだわりはない。子どもに恵まれなかったのだから、自分の代で幕を下ろすのは自然なことと感じる。

一方で、忍従の歳月に耐えた先祖に十分報いることができたのか、もどかしさも募る。親戚筋は東北から九州に広がる。墓所は各地に散り、墓参もままならない。「この先、永代供養を寺社にお願いするか、墓じまいをするか。なかなか割り切れません」

戦国武将の末裔でなくとも、昨今は残された実家や墓をどうするか悩む人が実に多い。考えに考え抜いて吐き出された「絶家」という言葉がまっすぐ重く胸に迫る。(17・5・22)

奇人アンデルセン

自伝といえば、渾身の1冊を晩年に出すのが常識的な線だろう。童話作家アンデルセンは違った。20代で取りかかり、40代早々で刊行した。「私の生涯の物語が私のすべての作品の最上の注釈となるだろう」。みなぎる自己顕示欲に驚く。

不遇な少年時代を送ったせいだろうか。靴職人の父を11歳で失い、13歳の夏には母が再婚して半ば放り出された。身のこなしが鈍く劇団や舞踏団を追われ、自慢の歌唱も声変わりで行き詰まった。

学生時代をふりかえって、「教室で自分を笑いものにした」と校長を恨む。作家となってからは「日陰者扱い」「親切な言葉も友情の一しずくも注がれない」と批評家をののしる。ほめられると有頂天になり、けなされると絶望のふちに沈む人だったらしい。

デンマークのフュン島にあるその生家をきのう、皇太子さまが訪れた。小さいころから彼の名作の数々に親しんだと聞く。博物館内に再現された書斎に入り、いすに腰をおろした。

失恋を重ね、働き口にも窮したアンデルセンだが、30代で人生が上向く。小説『即興詩人』が評判を呼び、国王から「詩人としての俸給」が支給される。文名が高まった後は充足の日々を送り、「自分は幸運の寵児(ちょうじ)である」と書く。70歳の夏、国葬で送られた。

人魚姫の実らぬ恋。マッチ売りの少女の死。はだかの王様の愚かさ――。模範的とは言いがたい言動も多々あったようだが、残された物語は人生の諸相を曇りなく描き、世界の子どもの胸の奥にいまも響く。(17・6・20)

尊大人様閣下

歴代最も長く首相の座にあった桂太郎にはあだ名がいくつもあった。「十六方美人」「言葉の催眠術師」。口が巧みだったのだろう。要人の懐に飛び込むのもお手の物だったらしい。同じ長州閥で年長の実力者木戸孝允（たかよし）に宛てた私信にはしばしば、「木戸尊大人様閣下（そんだいじん）」という長い敬称を付した。

明治期の書簡で「先生」「大人」なら見たことはあるが、「尊大人様閣下」は寡聞にして知らない。かくも持ち上げられ、木戸はこそばゆかったか。

手紙や宴席ならまだしも、国会にはふさわしくない光景を見た。安倍晋三首相に対する自民党議員の質問である。「就任以来、首脳会談550回。ヨイショしているんじゃないですが、日本の外交はいま力強い」。なるほど力強いヨイショである。

岸信介元首相を持ち出した議員は「おじい様は異次元の政策パッケージを作って成功した」とほめそやした。「私も後世そういう評価をされたい」。応じた首相も満足げだった。

与党質問の比率が増えすぎた結果だろう。政府の施策の問題点をわきに置いて、首相をほめていては国会審議とは言えまい。推す法案を長々と説明して「総理、応援していると言っていただけますか」「応援しております」というやり取りもあった。茶番である。

首相の在任期間はいまや桂、佐藤栄作、伊藤博文、吉田茂に続いて歴代5位に達した。あと2年続投すれば桂も超える。「安倍尊大人様閣下」。そんな呼びかけをする議員すら出かねない国会の惨状である。（17・12・1）

時の鐘

ホンダ創業者の本田宗一郎に逸話がある。村に正午を告げる寺の鐘を30分も早くついてしまった。お昼を早く食べたいがための作戦だ。時計やラジオが家々になく、鐘の音が時報だった大正時代。自分の腹時計をまんまと標準時にする知恵には舌を巻く。

6月10日の「時の記念日」が近づくと、舞台となった浜松市天竜区の清瀧寺（せいりゅうじ）では、地元の小学1年生が11時半ごろに昼の鐘をつく行事がある。今年はきょう8日に催される。

時間の大切さを覚え、郷土から巣立った偉人の歩みを学ぶ目的で毎年開かれてきた。主催する街おこし団体「ポンポンCLUB浜松」代表の宮地（みやち）武夫さん(75)は「いたずらを奨励するつもりは少しもありません」と念を押す。

時の記念日が定められたのは1920年。この日は、飛鳥時代に天智天皇が水時計（漏刻（ろうこく））を使って時を知らせた日とされる。天智天皇のおかげかどうかは知らないが、いまの日本社会が時間に正確であることはまちがいない。

昨年、東京と茨城を結ぶ電車が定刻より20秒早く出発し、鉄道会社が「おわび」した。そのニュースは海外を駆けめぐった。たしかに旅行や出張で外国へ行くたび、交通でも会合でも時間が正確に進む日本を誇らしくは思う。

それでも、寸秒の遅れで公式謝罪までしなくてはいけない社会には、時に息苦しさを覚える。時間に追い立てられて疲れる日には、かの本田少年の創意にならって心の鐘をゴーンとついてみようか。自分を見失わないための警鐘として。（18・6・8）

北海道の名付け親

明治の初め、蝦夷地をどう呼ぶか新政府内で論議があった。「開拓判官」の要職にあった松浦武四郎が6案を挙げる。日高見道、北加伊道、海北道、海島道、東北道、千島道。このうち「北のアイヌの地」の意を込めた北加伊道が採られ、「北海道」と字が改められた。

「武四郎の本命は北加伊道。提案理由からもアイヌの人々への敬慕が伝わります」。出身地の三重県松阪市にある松浦武四郎記念館の山本命学芸員(42)は話す。武四郎は旅に憧れて育った。最初の長旅は数え16歳。「江戸、京、大坂、長崎、唐または天竺へ」と友人に手紙を送り、家族に無断で江戸へ出た。

呼び戻されるも、放浪はやまない。9年かけて本州、四国、九州をめぐる。朝鮮半島をめざして対馬へも。日に80キロを歩く健脚は「鉄の足」と呼ばれた。

江戸末期、蝦夷地を6度調査する。踏破して見えたのは松前藩と商人たちによる収奪だった。アイヌの土地を奪い、過酷な労働を強い、娘をさらう。その実態を幕府に訴え、明治政府には救済策も進言したが、認められず、官職を辞する。

〈心せよ　えみしもおなじ人にして　この国民の数ならぬかは〉。官界を退いて名乗った号は「馬角斎」。役所勤めの馬鹿くささを皮肉った。

評伝を読み、生家を訪ねて浮かぶのは、永遠の冒険少年である。まだ見ぬ土地を歩きたいという情熱は晩年まで衰えなかった。今年、生誕２００年。いま生きていたら「鉄の足」はどこへ向かうだろう。想像するだけで心が躍る。（18・8・1）

ぼくの好きな先生

「十八になる私の子供は内向的でハキハキしません。ギターのプロになるのだと申します。どうしたらよいでしょう」。50年前、本紙の人生相談の欄に投稿が載った。相談者はのちにロックシンガーとなる高校生、忌野清志郎さんの母である。

当時、東京都立日野高校で清志郎さんの担任だったのは、美術教師の小林晴雄さん。「何年か好きなことをやらせてみましょう」。息子の将来を案じる母をそう説得した。清志郎さんの代表曲の一つ「ぼくの好きな先生」のモデルになった人だ。

「清志郎さんは心底、小林先生を慕っていました。偉ぶらず、叱らず、説教もせず、まれにぼそっと生徒をほめる。先生らしくない先生でした」。そう話すのは日野高の2年後輩にあたる芝田勝美さん(65)。卒業後も、小林先生、清志郎さんの双方と交流を続けた。

小林先生は日ごろ、職員室を敬遠し、美術準備室で絵筆を動かすのを好んだ。定年退職後は公民館などで絵を教えた。「本来は画家になりたかった人。淡い色調の風景画が味わい深かった」

芝田さんが世話役を務める年1度の同高OB作品展には、小林先生も清志郎さんもたびたび絵を出品した。会場に現れた清志郎さんを小林先生は特別扱いせず、あくまで教え子の一人として接したという。

清志郎さんは58歳で迎えた春の連休の5月2日に亡くなった。きょうで没後10年となる。その才能を信じて見守った小林先生も昨春、86歳で世を去った。教師と生徒を結んだ終生の縁を思う。

(19・5・2)

汚名３５０年

原田甲斐といえば逆臣の代名詞であろう。江戸前期に起きた伊達騒動で絶命した実在の人物で、歌舞伎や浄瑠璃には「仁木弾正」の名で登場する。仙台藩の主君を陥れ、幼君を殺そうとした悪人として描かれる。

原田の地元にあたる宮城県柴田町船岡地区では、正反対の人物像が語り継がれてきた。「私心のない重臣」「身を捨てて藩を救った」と。居城だった船岡城下の有力者たちは城主原田を悼み、名を伏せた墓を建てて祈りを捧げてきた。

「この町の人々にとって原田をあがめ供養するのは、潜伏キリシタンのような営みでした」。町おこし会社「しばたの未来」の晋山孝善社長(62)は語る。忠義の士としていま一度世に伝える道はないかと考えた。念頭にあったのは、山本周五郎が小説『樅ノ木は残った』（１９５８年刊）で描いた清廉な生き方だ。

原田の実像に迫る講談の制作を思い立つ。意気に感じた講談師の宝井琴梅さん(77)が船岡地区を歩き、郷土史家にも会って、自ら筆を起こした。昨秋以降、書き上がった章から順に原田ゆかりの寺で演じてきた。

歴史とは勝者の書いた記録であって、敗れた側はことさら卑しく描かれる。それにしても原田ほどゆがめられた人物はそういまい。歌舞伎の舞台ではネズミに化ける妖術使いである。棺を蓋（おお）いて事（こと）定まるとは言うものの、希代の奸臣（かんしん）、悪のネズミとして評価が固まるのは、地元にはやはり耐えがたい。死して三百数十年、城主の汚名をそそぐ住民たちの思いに打たれた。

（19・5・14）

ある詩人の晩年

「家」「シジミ」「私の前にある鍋とお釜と燃える火と」。暮らしに根ざした詩を数多く残した石垣りんさん。亡くなって17年になるこの夏、久々に選詩集『表札』が刊行された。〈自分の住むところには　自分で表札を出すにかぎる（略）精神の在り場所も　ハタから表札をかけられてはならない　石垣りん　それでよい〉。冒頭に収められたのは代表作「表札」。きっぱりした言い切りに感性がきらめく。

4歳で母をなくし、病気がちの父や弟妹を支えるため14歳から銀行で働きながら詩を作った。再婚を繰り返す父への不信、家計を支えるつらさ、雑用ばかりの職場への不満。鬱屈（うっくつ）の日々を送ったが、50歳で念願の一人暮らしを始め、55歳の定年まで勤め上げた。84歳で亡くなる。

刊行元「童話屋」の田中和雄さん(86)は、晩年の10年ほど親しく接した。「その頃はもう詩の筆をとることはなかった。まるで憑きものが落ちたようでした」。家族という重しから解き放たれたことで、「私小説詩人」は歌うことをやめたのではないか。ベテラン編集者の推理である。

遺品の整理を託された田中さんは葬儀の後、石垣さんのマンションを初めて訪れた。詩集や文芸誌が高床のごとく積み上げられ、頂上に布団が一組。紙の御殿だった。「この書籍の森で穏やかな後半生を送ったのかと感慨を覚えました」

玄関に掲げられた木の表札には、「石垣りん」とだけ記されていたという。時代にこびず、自分を偽らない詩人の一生を思った。(21・9・21)

恋に破れ、酒におぼれ

〈白玉の歯にしみとほる秋の夜の酒はしづかに飲むべかりけり〉。秋も深まると口をついて出る若山牧水の歌である。人生の山坂を知り抜いた大人が、酒の心得を若者に教え諭すような場面が浮かぶ。

実はこの歌、度を過ぎた深酒で乱れた自分を反省するという含意があると知ったのは、俵万智さんの評伝『牧水の恋』を読んだからだ。当時、早稲田大の文学青年で、恋のもつれから暴飲して線路に寝て電車を止め、お堀に飛び込んで警官に叱られていたという。

恋の相手は小枝子という女性。思いの届かぬ年上の人妻を無垢(むく)な白鳥にたとえた。〈白鳥は哀しからずや海の青そらのあをにも染まずただよふ〉。小枝子は2児を故郷に置いて上京し、いとこの男性と同居していた。牧水の心は四角関係の荒波で乱れに乱れる。

〈山を見よ山に日は照る海を見よ海に日は照るいざ唇を君〉。願いがかなって小枝子と旅した千葉県の海岸を俵さんは訪ねている。「思いを遂げたという感激からすばらしい歌がいくつも生まれました」

破局を迎え、牧水は浴びるほど酒を飲む。〈海底に眼のなき魚の棲(す)むといふ眼の無き魚の恋しかりけり〉。牧水はまるで深海魚のように沈んだ。初めて教室で習った日、私にはさっぱり理解できなかったこの歌も、5年越しの恋の結末を知ればすんなり納得した。

その後、牧水は家庭を築き、ご承知の通り歌壇に大きな足跡を残す。私の親しんだ牧水の歌の多くは20代前半に詠まれていた。実り多き失恋だった。(21・11・5)

ストレス太子

来年没1400年を迎える聖徳太子こと厩戸皇子(うまやどのおうじ)には、少なくとも4人の妃(きさき)がいた。聖人としての逸話には事欠かないが、どんな私生活を送ったのだろう。

飛鳥時代の有力者には一夫多妻が多く見られた。太子の場合、4妃のうち3人は、推古天皇の娘と孫、有力者だった蘇我馬子の娘である。ほかに政略婚の色彩が薄い女性がひとりいた。名を膳妃（かしわでのきさき）という。

「地方のさほど有力でない豪族の娘です。膳妃こそ太子の最愛の人だったと推定しています」と奈良大准教授の相原嘉之さん(54)。膳妃の地元にわざわざ引っ越し、同じ墓に合葬されたそうだ。

太子が亡くなったのは622年。「生まれてすぐ言葉を話した」「十人の話を一度に聞き分けた」。伝説を含め、とかく過大に語られてきた面はあるようだが、日本の土台を築いた俊才であるのはまちがいない。昭和以降、肖像が7度も紙幣に使われるにふさわしい人物である。

そんな偉人中の偉人でも、やはり人の子。大国・隋との外交に悩み、国内の政治抗争もストレスだったに違いない。おまけに結婚相手が天皇の娘や孫、有力豪族の娘となれば、気遣いも三重奏。片時も休まらなかったのではないか。

最愛の妃のもとから太子が遠距離通勤した道を歩くと、太子が座ったとされる「腰掛石（こしかけ）」があった。ここで飛鳥への出勤の途中、フーッとため息をついたのかと思うと、たちまち親近感を覚える。お札の肖像で慣れ親しんだ聖人が、駅でさぼる悩み多き会社員のように思われた。（21・12・4）

悪人の1250年後

日本史上指折りの悪人と言われた僧侶がいる。名を道鏡という。奈良時代に生きて、今年で没後1250年。「道鏡を守る会」という団体から郵送された会報が興味深く、会長を訪ねた。

「あまりの悪人扱いに疑問と義憤を覚えたのがきっかけ。最初は反骨心でしたが、調べていくうちに熱中しました」。そう話すのは、宮城県大崎市に住む元教諭の本田義幾（よしちか）さん(76)。女帝である孝謙（のちの称徳）天皇をたぶらかし、自ら皇位を狙ったとされる怪僧ゆかりの地を全国に訪ね歩いた。

本田さんらは彼を高僧と位置づける。経典を写し、薬草を解し、寺院建立に尽くしたと評価する。それなのに失脚の後、道鏡は人格を全否定される。中世からは色仕掛けの野心家という俗説ばかりがひとり歩きしたと嘆く。

勧められて、坂口安吾の小説『道鏡』を読み、市川雷蔵主演の映画「妖僧」を視聴した。描かれ方は野心のない人物だったり、志の高い改革者だったり。世間一般の道鏡イメージとは正反対で、爽快ですらあった。

小説と銀幕の実力派をもってしても覆らなかった道鏡の悪評である。守る会の会員にも苦労は多い。まとまった原稿を書いても大手出版社には相手にされない。せっかく集めた資料も家族からは「断捨離」を勧められる始末だ。

驚いたのは、今月7日、奈良市と栃木県下野市にあるゆかりのお寺で、道鏡をしのぶ供養祭が営まれたこと。1250年たっても崇拝の念を呼び起こす僧侶に、初めて深甚なる敬意を覚えた。

（22・4・18）

花見の幹事

きのうの昼すぎ、東京の上野公園では花吹雪が舞うたびに歓声があがった。日本語のほかに中国語や韓国語、ベトナム語が聞こえる。東シナ海や南シナ海と違って、場所取りでもめた様子はない。

夜の宴(うたげ)に備えて一人でシートを守るのは、たいてい日本の若手社員たち。観察すると、場所取り仕事には流派が二つある。一つは段ボールで座卓を作り、座布団や毛布を運びこむ着々派。もう一つはシートに寝そべり、スマホざんまいの悠々派だ。

30年前のわが痛恨の花見を思い出す。最初の任地で初めての幹事を任された。日の高いうちから陣取ったはいいが、炭の扱いを知らない。火を付けもせず漫然と待った。夕刻、肉や野菜を抱えて到着した上司から大目玉を食らう。「火をおこしてないのか。ガスコンロじゃないんだぞ」

開宴は遅れた。座は寒く、酒はぬるく、肉は焼けない。情けなさで少しも酔えない。先輩方に肩をたたかれ、後片付けをした。〈酔ひもせず幹事もつとも花疲(はなづかれ)〉橋本青草。

上司にはその後も酒との上手な付き合い方を教わった。「後輩を諭す席なら酔うな」「宴席では道化も大切」。どれも身にしみた。むろんお酒には害も多く、前夜の酒量を悔やんだ朝は数知れないが、折々にあの上司の言葉を思い出す。

桜前線は北上を続ける。見ごろを迎えた名所ではきょうも若手が場所取りに励むことだろう。シートで昼寝もよし。スマホ片手の読書もよし。それでも新米幹事の皆さん、宴の備えはおさおさ怠りなく。(16・4・7)

気管支に秋は来にけり

カラリと晴れた日に飛び出すくしゃみ、鼻水、目のかゆみ。今月初めから症状が抜けない。もしやと思って外出時にマスクを着けてみると、ムズムズ感がやわらぐ。どうやら秋の花粉症らしい。

「春に比べると患者さんの数は5分の1か7分の1ほどですが、秋にも発症する人が増えています」。大久保公裕・日本医科大教授(59)によると、この時期、花粉を飛ばすのは、ススキやヨモギ、ブタクサ、ムグラなどである。

真冬を除けばほぼ通年、列島を何らかの花粉が飛散している。スギやヒノキなど高い木が猛威をふるう春とは違って、秋の主役は草たちだ。花粉は遠くへ飛ばず、大量に降ることもない。その代わり、粒子が細かく、体の奥へ入り込んでくる。

花粉を異物ととらえ、体外へ押し出そうとするのは、免疫のなせるわざだ。「抗生物質の投薬を受け、保存料や甘味料など添加物を摂取して、私たちの免疫は大きく変わりました」。人類はかつてムグラやススキに接しても「花粉症」とはならなかったようである。

〈八重葎しげれる宿のさびしきに　人こそ見えね秋は来にけり〉。平安歌人恵慶法師は、生い茂るヤエムグラに秋の到来を知る。百人一首でおなじみの名歌だ。ムグラに囲まれてもくしゃみ一つ、せき一つしなかったとしたら、法師が少しばかりうらやましく感じられる。

さしずめ現代の秋ならこうか。〈八重葎飛び散る花粉は見えねども　わが気管支に秋は来にけり〉。当面、秋のマスクは欠かせそうにない。（18・10・22）

4月の後悔

4月の下旬になると、小さな悔いを思い出す。社会人1年目の春、ようやく就職し、せっかく初任給をもらいながら、家族に感謝の品すら贈らないまま終わってしまった。せめて食事に誘えばよかったと後々まで反省した。

漫画家深谷かほるさん(56)の代表作『夜廻り猫』に、初任給をめぐる一話がある。働き始めた若者が祖父をカレーチェーンＣｏＣｏ壱番屋に誘う。差し向かいで夕食をとり、若者が財布を取り出す。「給料もらったらじいちゃんとうまいもの食べに行こうと思ってたから」。レジで支払いをする若者の背に、祖父は深く頭を下げ、手を合わせる。

読んで胸に迫るものがあった。作者の深谷さんに尋ねてみると、実話という。「新潟県のカレー店で知人が見たままを描きました」。通い慣れた店を選ぶ若者の素直さ、孫の好意に感激した祖父の表情。その両方に感じ入ったと話す。

「お給料をもらうのってすごく大変なこと。社会に出てからわかりました」と語る。職場があること、健康であること。いろいろな条件が重ならないと給与生活は送れない。深谷さんの実感である。

多くの職場では、来週あたりが支給日だろうか。三井ダイレクト損保は昨年、新社会人３００人に初任給の使途を尋ねた。最も多かった答えは「親にプレゼントを購入」だった。貯蓄や外食、旅行を上回っている。

〈初任給にて娘の買いくれし広辞苑三十年繰りて共に旧りたり〉高原康子。贈られた側にとってはまさに一生ものの宝である。(19・4・20)

田辺聖子さん逝く

作家の田辺聖子さんは37歳で結婚している。相手は40代の開業医で子どもが４人。危ぶむ友人らが「いつまで持つか」と賭けをした。最多は１年、次が半年。長くて３年との声もあった。

予想はすべて外れる。夫妻は「おっちゃん」「あんた」と呼び交わし、よく飲み、よく話した。苦楽をともにした相方は「カモカのおっちゃん」として作品に登場する。カモカとは関西の言葉で、化け物や怖いものを指すそうだ。

田辺さんが91歳で亡くなった。恋愛や結婚をめぐる金言が多く残された。「家庭円満のコツは見て見ぬフリ」「結婚とは外交。駆引と謀略に尽きる」。平易にして鋭い言葉が胸にしみる。

夫を見送った翌年に刊行した随想集『人生は、だましだまし』にこんな一節がある。「夫婦円満に至る究極の言葉はただ一つ、『そやな』である。夫からでも妻からでもよい。これで世の中は按配よく回る」。言いたいことは多々あれど、あえて腹に収めておく。夫婦の知恵だろう。

「源氏物語」「伊勢物語」など古典を次々と現代によみがえらせた。焦点を当てたのはやはり恋や愛の悩みだ。この人の手にかかると、王朝文芸の高貴な男女が、まるで学校や職場の知り合いのように身近に感じられるから不思議である。

「おもしろい恋愛小説を書いてやろうと思ったの。恋愛小説って寂しい、哀しいのが多い。恋愛こそおもしろいのに」。本紙の取材に語っている。千年たっても変わらぬ男女の機微を語り、夫婦の妙を教えてくれた。(19・6・11)

＊2019年6月6日死去、91歳

老眼にやさしい書体

このところ老眼が進み、細かな文字が読めなくなってきた。老眼鏡をかけても、数字の3と8、「は」と「ほ」が区別できない。「珠玉」を「埼玉」と読み違えて赤面したこともあった。

私と似た悩みを抱える人たちにやさしい文字があると聞き、開発者の小田浩一・東京女子大学教授(60)を訪ねた。共同印刷(東京都文京区)から依頼され、びっしりと並んでも読みやすい字体を4年前に完成させた。

実験では、文字の大小や間隔、配色などを変えて、若者や高齢者延べ200人に読み比べてもらった。「時計が時をきざむ音が/かちかちと良くひびく/しずかな部屋なのです」。そんな例文を何百、何千と用意し、読む速さ、誤読の多寡を調べた。

例文がどれも無味乾燥なのは、随想や詩歌だと読み手の感情が揺れ、読む速度に影響してしまうから。「被験者のみなさんには退屈で過酷な実験でした」。できあがった書体は「小春良読体」と名付けられた。銀行の利用明細や薬の効能書きなどに採用されているそうだ。

印刷された文章を読んでみる。おなじみの明朝体やゴシック体に比べると、漢字が縦に長い。濁点と半濁点が大ぶりで、ひらがなには独特の丸みがある。字間にゆとりがあって、たしかに読みやすい。

悪くなる一方の目に困り、眉間にしわを寄せて文字と格闘してきた当方だが、これなら苦手の3と8、「は」と「ほ」も混同せずにすみそうだ。目にやさしい漢字や数字、仮名やアルファベットの列に少し安堵した。(19・12・29)

母ありて

那須塩原、小諸、盛岡、ブラジル……。牧草地研究の専門家である福田栄紀さん(64)は転勤続きだった。故郷・島根で闘病中の母を励ますため、せっせと手紙を送った。

書き出しはいつも「今年○番目の手紙です」。多い年には60通を超えた。季節の移ろい、家族の近況のほか、短歌を詠んで送ったこともある。〈母に出す手紙の切手買い足しぬ八十路の日々の続くを信じ〉。返信も届く。「元気でおんなはるかいな」。お国言葉がうれしかった。そんなやり取りは5年前、母が89歳で亡くなるまで続いた。

〈手紙読むのが楽しみと笑顔見せ言うてくれたけ、切手十枚また買うた。途中で逝くなや。〉。昨秋、日本一短い手紙コンクール「一筆啓上賞」に応募する。生前の母に語りかけるつもりで文案を練った。この作品がみごと大賞の一つに選ばれる。

送った便りは9年間で通算510通に。兄は地元で暮らし、妹は母の世話をするため帰郷した。「介護を兄と妹に任せきりにしているという後ろめたさがあった。手紙は僕にできる唯一の親孝行でした」

残された手紙を拝見して思い出したのは、サトウハチローさんの詩である。〈母ありて　われうれし　母ありて　われよぢれ　母ありて　われすなおなり〉。きょうは母の日だが、感染症のせいで対面もままならぬ異常な日々はなお終わらない。

かく言う当方も、故郷に80代の病む母がおり、もう1年近く会えずにいる。たまの手紙や電話しか見舞う手立てのないのがもどかしい。(21・5・9)

スープ皆勤賞

「残り物のトマトとたまねぎに牛肉を組み合わせました」。写真を見ると香辛料たっぷり、体も温まりそう。ツイッターの「#スープ365」にきのう投稿されたレシピに食欲をそそられた。

料理研究家の有賀(ありが)薫さん(57)がスープを毎朝作るようになったのは10年前の暮れ。食の細かった受験期の長男のために始めた。夫婦二人暮らしになっても続き、通算で3千食を超える。

『朝10分でできるスープ弁当』『おつかれさまスープ』。短い時間で手早くできる料理のレシピ本を相次いで刊行した。「旬の野菜にレトルトや冷凍の食品をうまく合わせれば、5分で結構な逸品が作れます」

料理研究のかたわら考案したのは、コンロとシンク、テーブルを一体化した新型キッチン。作ったり食べたりみんながグルグル交代するから「ミングル」。家族のだれもが作る役、食べる役、洗う役を兼ねることができる。

いまさら嘆いても始まらないが、当方、包丁を握ったことがほとんどない。大正生まれの祖母の口癖は「男子、厨房(ちゅうぼう)に入らず」。自炊もできず、単身赴任中は外食続きで体調を崩した。そう話すと有賀さんは「まずは一度自分の手で作ってみることです」。包丁を手渡され、豚汁に使うゴボウのささがきに冷や汗を流した。

もっぱら食べる役に徹してきた私だが、さすがに当節は、軽やかに料理をこなす人がうらやましい。それでも「時短でもいい」「手抜きでも大丈夫」と有賀さんに励まされ、少しだけ行く手に灯(あか)りが見えた。(21・12・16)

変異の年、暮れむとす

ＪＲ新宿駅の東口にきのう、長蛇の列ができていた。ＰＣＲ検査を受けようと数十人が寒風に耐えつつ順番を待っている。子ども連れもいれば、スーツケースを引いて帰省直前とおぼしき人もいた。

重症化しにくいのに感染しやすいと言われる変異株オミクロン。この冬こそは当方も帰省する心づもりでいたのだが、市中感染が広がり、先週あたりから迷いが生じてきた。

思えば、おととしの12月は幸せだった。忘年会は２軒目、３軒目へと続き、肩寄せ合ってカラオケも。帰省の新幹線は超満員だった。「３密」「クラスター」などという言葉を聞くことはなかった。

去年の師走は一転、ピリピリとした緊張感が列島を包んだ。目を疑うほどのペースで感染者が増え、県外ナンバーの車は警戒の視線を浴びた。「頼むから帰って来ないで」。実家の老親にそう言われて私も帰省をあきらめた。

〈寒き雨まれまれに降りはやりかぜ衰へぬ長崎の年暮れむとす〉。スペイン風邪が猛威をふるった大正８（１９１９）年の暮れ、赴任先の長崎で斎藤茂吉が作った歌である。師走になっても感染が衰えず、寒い雨を心細く見やる歌人の姿が浮かぶ。慎重を期して息子にも歳末の外出を禁じるが、その茂吉自身、年明け早々に発症してしまう。いつの世もウイルスには万全の予防策を見いだしがたいものである。

きょう小晦日。空路や陸路、鉄路は里帰りの人で混み合うだろう。来年こそ検査や接種に心まどうことなき歳末を迎えたいものである。(21・12・30)

記者として作家として

この欄に私的な感懐はなじまないと心得ているつもりだが、節を曲げても追悼の一文を捧げたい先輩記者がひとりある。外岡秀俊さん。68歳で急逝との報に、わが身を打たれるような痛みを覚えた。

初めてその文章に接したのは小説『北帰行』。東大在学中、石川啄木の足跡を追う旅を描き、新鋭作家に贈られる文芸賞を受ける。彼が文学の道に進まず、新聞社の門をたたいたことで、文芸誌の編集者たちは大いに嘆いたという。

新潟、東京、ニューヨーク、香港などで縦横に筆をふるった。力を注いだのは災害と国際紛争の報道。最前線に身を置きながらも特ダネ競争には走らず、常に問題の本質を論じ当てようとした。

ロンドン駐在中は文芸誌に「傍観者からの手紙」を連載。日々のニュースを、欧州の歴史や文学という「濾過器(ろか)」にかけて描くことで、時代論に昇華させた。記者の枠を超え、報道と評論の境を自在に行き来した。

編集幹部に就くと、戦時下における新聞の責任を論じた。一介のデスクだった当方にとって忘れがたい指摘がある。「近ごろ『国』を主語や目的語にした記事が多い。国とは官邸か省庁か、省庁なら何省か。明確にすべきだ」。惰性に潜む危うさを見逃さなかった。

『カノン』『ドラゴン・オプション』『人の昏(く)れ方』。2011年に退社後は、中原清一郎名でSFやミステリーを相次ぎ刊行した。豊富な取材経験を今度は小説にいかした。記者としても作家としても早すぎる旅立ちが無念でならない。(22・1・9)

*2021年12月23日死去、68歳

背が縮みました

先日、職場でひとしきり身長の話に花が咲いた。「私2ミリも縮みました」「僕は5ミリ」。春の健康診断で測った背丈のことだ。そんなことがあるのかと私も測ったら、何と8ミリの減。老化だろうか。

「いやいや、大人も一日の中で身長が変わります。若者なら朝から晩で2センチ縮むこともあるくらい」。整形外科医の下出真法さん(74)が教えてくれた。伸縮するのは、背骨を構成する24の椎骨の間にある椎間板なるクッション。重力がかかると水分を出して縮む。「逆に無重力の空間で宇宙飛行士は5センチ前後伸びると言われます」

700万年前、人類は二足歩行を始めた。4本足の動物の背骨が「梁」とすれば、人類の背骨は「柱」だ。背骨に垂直方向に負荷がかかり、椎間板は無理を強いられ続けるという。

コロナ下で背骨は新たな受難の時代を迎えた。「若い世代の腰痛患者さんが急に増えました」。東京・板橋の金谷整形外科の金谷幸一院長(55)は話す。在宅勤務が増えて、ソファや床に座った無理な姿勢でパソコン作業をしたと話す人が多かった。

もう一つの敵が運動不足だ。骨には適度な負荷がかかると強くなる性質がある。外出機会が減れば骨も筋肉も弱くなる。「感染を恐れて引きこもりがちな高齢者は背骨を痛めやすい」

ある試算では、腰痛で労働生産性が低下し、その経済損失は年3兆円に上るという。当方も腰痛とはかれこれ20年来のお付き合いだ。腰のみならず、背骨もいたわらなきゃなと自分に言い聞かせた。(22・6・4)

危うしわが脳内地図

このごろ出張先での運転はカーナビに頼りっぱなしである。「300メートル先を右折」「次の信号を左です」。気がつけば、歩くときもスマホの案内にひたすら従っている。

「ナビゲーション機器に頼ると、意識は前後左右に集中しがち。東西南北を読む力はあまり使いません」。そう指摘するのは空間認知が専門の東洋大教授の石川徹さん(51)。ナビやスマホを何年も使い続けるうち、わが方位磁石はさびついてしまった気もする。

脳内にあって記憶をつかさどる海馬には方向や位置感覚を担う「場所細胞」があり、その細胞が描く「脳内地図」で自分の所在を把握しているそうだ。「脳内地図の精度の個人差は驚くほど。頼りない線しか描けない人もいれば、ビシッとした地図が描ける人もいます」

場所細胞の発見は2014年のノーベル賞にも輝いた。ネズミを使った実験で、特定の場所を通った時に活性化する細胞が脳内にあることを発見。ヒトにも同じ役割を果たす細胞があるという。スマホもなかった時代から、私たちの脳にそれほど精巧な装置が備わっていたとは。

研究者が作った方向感覚テストを受けてみた。「道案内は苦手か」「新しい場所ではすぐ迷うか」。全15問。結果は世界平均より27ポイントも低かった。方向音痴は自覚していたが少し悔しい。

ともあれナビなし、スマホなしではもはや心もとない。方角の感覚を少しでも取り戻すため、ときには立ち止まって、親しんだ山々の姿や天空の北極星を仰ぎ見てみようか。（22・6・30）

読者ありてこそ

密告制度になじむ国

日米韓の同業数社の役員がハワイに集まり、ホテルの一室で不正なカルテルを結ぶ。飼料添加物の価格操作が狙い。一部始終を米連邦捜査局（ＦＢＩ）がひそかに撮影し、動かぬ証拠を得る。米社が内通していた。

２００９年の映画「インフォーマント！」である。俳優マット・デイモンが情報提供者（インフォーマント）を演じてヒットした。実際のカルテルが題材で、味の素など関係企業の名が登場する。映画を見て、米企業にまんまと欺かれる日本企業に少し同情した。

いち早く当局に伝えれば罰を軽くしてもらえる制度は日本にもある。公正取引委員会の課徴金減免制度だ。10年前に導入された。これまでは申告企業が望めば社名は隠せたが、今月から一律に公表されることになった。

「社名を伏せられるようにしたのは制度本体をスムーズに導入するため。当初は『密告を促す制度は日本になじまない』と産業界から猛反対されました」。ふりかえるのは後藤晃・東大名誉教授(70)。公取委の委員として5年間働いた。

後藤さんはある国際会議で、「日本にはなじまない」論を紹介した。するとフランスやスペインの弁護士が「同じ意見はわが国でも強くて」。同業者を裏で売る文化は自国にはない。そう信じたい人が多いようだ。

導入以来、公取委には800件を超す減免申請が寄せられた。公表された社名を見て驚いた。大手も中小も名門も新興も関東も関西も何でもある。実は日本になじみやすい制度だったようである。(16・6・15)

記者は去り記事は残る

解散したSEALDs(シールズ)の中心メンバー奥田愛基(あき)さんは中1でいじめに遭った。中2の秋、本紙朝刊に載った「いじめられている君へ」というコラムを読んで転校を決意する。劇作家鴻上尚史(こうかみしょうじ)さんが寄せた一文に心を動かされた。

「死なないで逃げて逃げて」。いじめに悩む生徒に「南の島」へ逃げる道もあると説いた。島名は伏せられていたが、奥田さんは「南の島」「不登校」などとネットに打ち込み、鴻上さんの訪ねた沖縄・鳩間島（はとまじま）を見つけ出す。北九州から転校し、立ち直るきっかけをつかんだ。

鴻上さんが寄稿したのは、高校の同級生である本紙の山上浩二郎記者に頼まれたからだった。山上記者は筆者の職場の先輩でもある。骨があって労をいとわず、新聞をこよなく愛する記者だった。

もしあの時、山上記者が鴻上さんに寄稿を頼まなかったら、と想像をめぐらせた。奥田さんの不登校は続き、大学へは進まなかったかもしれない。そうなればＳＥＡＬＤｓは結成されず、「立憲主義って何だ」と訴えるデモのうねりも生じなかったのではないだろうか。

山上記者は4年前、53歳の若さで病死した。教育記事や社説、闘病記の連載のほか、記者としての思いを詠んだ短歌が残された。〈編集の会議終りし日暮れ時ビル抱くやうに虹高く立つ〉〈四月より被災地に行く後輩を送る会にて無事祈るのみ〉。〈記者となり四半世紀すでにたち完璧なる記事未だにあらず〉。新聞週間の初めに、遺作を手に取り、黙って読み直した。（16・10・16）

雫石の空に

「雫石事故から50年がたちました。私たち遺族は悲しみをこらえ必死に生きてきました」。そんなお手紙を横浜市の深澤（ふかさわ）時江さん(73)からいただいた。コロナや五輪の陰で報道は少なかったが、航空史に残る大事故である。

快晴の夏空で悲劇は起きた。1971年7月30日、岩手県雫石町の上空8500メートルで、千歳発羽田行きの全日空機と訓練中の自衛隊機が衝突。乗員乗客162人全員が亡くなった。

犠牲者の多くは静岡県内の戦没者遺族で、北海道を団体でめぐった。深澤さんのご両親は富士市内で食堂を営み、月々の積立金で旅費をまかなった。父60歳、母52歳。初めての空の旅だった。

大学生だった深澤さんは知らせを受け、実家へ急いだ。飛び乗ったタクシーのラジオが搭乗者として両親の名を告げる。「飛行機って落ちないかな」。出発前、両親に軽口をたたいた自分を責めた。

事故直後、防衛庁長官や航空幕僚長が辞任する。航空法が改正され、民間機と自衛隊訓練機の空域は分けられた。空の安全は向上したが、深澤さんの心のなかで事故は終わらない。「三十三回忌や五十回忌を『弔い上げ』と言いますよね。でも気持ちの整理はちっともつきません」

手紙を携え、雫石町へ取材に向かった。墜落現場は「森のしずく公園」として整備されている。主翼、尾翼、エンジン、胴体、車輪……。機体が散り散りに降り落ちた様を示す地図に心が震えた。慰霊碑には数輪のリンドウが。晩夏の空にギンヤンマが舞っていた。(21・9・6)

心の扉少しずつ

〈やっと我が家さ住めだと思ったら　今度はコロナだど　早く収まってけらいん〉。東日本大震災で大きな被害を受けた宮城県東松島市内で絵手紙89枚を見た。

描いたのは石巻市一帯に暮らす被災者ら。避難所や仮設住宅、公民館に定期的に集い、わいわいがやがやと絵筆を走らせてきた。津波で数千人の貴い命が奪われた地域で、〈仕事がなく家や店もなくなりどうしたらいいべか心がいでかった(痛かった)〉。

それでも一歩一歩進んできた。〈とぜんな(寂しい)こともあっけど　十年のあいだにできた仲間たづに助けられで　やっとこすっどこ　すごしていんのっしゃ〉〈一人暮らしの仲間　地域の仲間　どっかで何んかがつながった　生ぎるヒントがめっかった〉。

講師は石巻市の画家阿部悦子さん(78)。自身、絵手紙の仲間4人を津波に奪われ、いまも怖くて浜辺に足を運ぶ気になれない。「一緒に描くことで互いの気持ちが温まる。絵手紙が心の扉を少しずつ開けてくれました」

作品を順に拝見する。津波の濁流、避難先で配られた乾パンや即席ラーメン。丹精込めて育てたネギやニンジン、地元産ホヤ、亡き母の「句集」の表紙を絵にした人もいる。その脇に思いをつづる。〈今がらはすこすばりの幸せを合せで一緒に楽すむべす〉。

あの日から11年。それぞれがたどった苦難の歳月を思う。今回の取材でとりわけ心に染みた一言をお伝えしたい。〈今はコロナで世界中混乱している　でも負けないで、がんばっぺし〉（22・3・10）

人生第3幕

「ぜひご一読を」という手紙を添えて、読者の方から本を贈っていただいた。著者は千葉大や筑波大で教鞭(きょうべん)をとった谷川(たにかわ)彰英さん。読み終えて胸に響くものがあり、ご自宅へ伺った。

いま76歳。退官して趣味の地名研究に打ち込んでいた4年前、極度の食欲不振に見舞われた。1週間で体重が10キロ減り、足がもつれて転ぶ。全身の筋が徐々に衰える難病ALS（筋萎縮性側索硬化症）と診断された経験を、『ALSを生きる』という本にまとめた。

「読み書きや聞くこと、記憶力は変わりません」と妻憲子さん(75)。発声が難しいので、憲子さんが手製の文字盤で「通訳」する。五十音や数字などが並ぶアクリル板の1点を谷川さんが見つめ、憲子さんがその視線を追って読み上げていく。

〈生きたい、生きたいと思う闘病記、後世の役に立つ本を書きたい〉。文字盤を通して谷川さんは語る。〈教育学が僕の人生の第1幕。地名研究が第2幕。ＡＬＳの実相を伝えるいまが第3幕です〉。

「たとえ身体は不自由になっても、気持ちは自由のままでいて」。4年前に亡くなった英国の物理学者ホーキング博士の言葉だ。20代で発症した後も車イスで世界を旅した。人工音声で宇宙の神秘を語り続け、多くの人を勇気づけた。

谷川さんもとびきり前向きである。専用パソコンを駆使してＡＬＳに関する2作目を書き終え、ロシアに停戦を求める声明にも賛意を送る。透明な文字盤の向こう側から届く熱い言葉に、こちらが大いに励まされた。（22・6・1）

まだ見ぬ父に

「風引（かぜ）かないか」「腹悪くするな」「ぐっすり眠り、朝は早く起きて」。敗色の濃かった大戦末期、30代半ばで召集された佐藤忠志（ただし）さんは、出征先から郷里の岩手県へ手紙を送り続けた。

徴兵されたとき、まだ生後55日の娘がいた。いま一関市に住む小野寺ヨシ子さん(78)だ。手紙の束を母から託されたのは20年ほど前。硫黄島で戦死したと聞かされたが、父の記憶は何もなかった。便箋にギッシリと、達筆でつづられた便りを一心に読んだ。

ヨシ子さんの母や祖母にも「ヨシ子を丈夫に育てて下さい」。兄には「ヨシ子ガ歩ク様ニナッタラ、ヨシ子トスモウトッテミナサイ。兄サンダカラ、ヨシ子ニハ負ケテ、ヨロコバセルンダヨ」。父の直筆をたどりながら「私は愛されていたのだ」と胸が熱くなった。

出征する父と、母に抱かれた幼いヨシ子さんの姿を収めた写真も残る。30年ほど前、米イリノイ州在住の元米兵から奇跡的に戻ってきた。父が裏面に名前と住所を記していたのが手がかりになった。眺めるたび、意志が強く陽気そうな生前の父をしのんだ。

手紙を世に残したいとヨシ子さんは昨夏、『命をかけた平和をありがとう』を自費出版する。慰霊のため8度も赴いた硫黄島の訪問記なども収めた。その後見つかった手紙も続編として年内に刊行する予定だ。

取材中、手紙の現物を見せてもらった。筆の跡は濃く太く、文字列にも几帳面さがにじみ出る。一緒に過ごしたときは短くとも、父と娘は強靱な糸でむすばれていた。(22・8・7)

時局迎合甲子園

折々に読者から取材のご提案をいただく。「大戦中の高校野球の悲しさも取り上げて」。そんな手紙をくださったのは徳島新聞の元論説委員長の岸積(つもる)さん(88)。徳島商が優勝した1942(昭和17)年夏の甲子園についての資料が同封されていた。

徳島県石井町のご自宅を訪ねた。「夏の甲子園は朝日の主催ですが、この年は政府が主催した。戦意高揚のためでした」。軍が運営し、球場には「戦ひ抜かう大東亜戦」との横断幕が掲げられた。

徳島商の監督から戦後に岸さんが聞いた話によると、攻守交代のたび、観客の名を呼ぶ放送が響いた。観戦中、留守宅に召集令状が届き、慌てた家族から甲子園に連絡の依頼が相次いだためだ。「この夏はミッドウェー海戦で日本軍が大敗した直後。徴兵が急増したころでした」

参加校にはこんなルールも通知された。「選手ではなく選士と呼ぶ」「打者は投手の球をよけてはならない」「途中交代は禁止」――。最後まで死力を尽くす戦士であれと教え込もうとしたようだ。考案したのが官僚か軍人かは知らないが、非合理のきわみだ。

翌43年になると「敵性競技に熱中すると親米思想を抱く」として多くの県で野球排撃の決議が

広まる。これには戦時下の朝日新聞も「野球によつて敵愾心が無くなるといふのはどうも納得出来かねる」と異を唱えた。

熱戦が続く今夏の甲子園もいよいよ決勝の日。珍妙な時局迎合ルールを押しつけられず、若者が存分に白球を追う時代の幸福をかみしめる。(22・8・22)

蚊の夏バテ

昨夏、この欄で蚊の話題をとりあげた。「蚊にかまれる」と書いたところ、読者から相次いで問い合わせをいただいた。いずれも「かまれる」という言い方は聞いたことがないとのご指摘だった。

山形県内の読者は電話で「私は『蚊にさされる』と言うのですが、これは方言でしょうか」。神奈川県の方からはメールが。「東京で生まれ、東北を転勤し、横浜で半世紀以上を過ごした。『かまれる』という表現は初めて目にした。どの地域で『かむ』というのか知りたい」

国立国語研究所(東京都)に大西拓一郎教授(59)を訪ねた。蚊に血を吸われる現象をどう表現するか、2009年に全国調査をした。「さされる」という回答は秋田、岐阜、長崎など広域に及んだ。「くわれる」も青森から新潟、愛知、沖縄で確認された。

対照的だったのは「かまれる」だ。近畿と四国東部に集中し、東日本では使われていなかった。
「それでも、さされるが標準語の地位にあるとは断定できない状況です」

〈蚊の居ない夏は山葵(わさび)のつかない鯛(たい)の刺身のやうなもの〉と物理学者の寺田寅彦は書いた。蚊に襲われないと夏を迎えた気がしないそうだ。とてもそんな境地にはなれないが、それにしても今夏は蚊の襲来が少なかった気がする。猛暑続きで蚊も夏バテに参っていたのだろうか。

と思いきや、暑さが和らいできたとたん、連中が猛攻を再開した。チクッ、かゆい。またやられた。あれれ、蚊には「さされる」？「かまれる」だったっけ？（22・9・5）

〈山中季広の打ち明け話〉七転八倒、寝ても覚めても

天声人語を書き終えてしばらく私は腑抜けになった。書くあてもないのに頭に浮かんだ新ネタをノートに書き留めてしまう。読んだ本に引用したい言葉を見つけるとページに付箋(ふせん)を貼ってしまう。習慣というより悲しき惰性である。

ふりかえれば6年半、天声人語のことばかり考えていたからだ。「きのう書いた原稿のあの一文、やはり削るべきだったなぁ」「明日書く題材が見つからない。どうしよう」。毎日、困ったり心配したりの繰り返しだった。出稿を終えて帰宅し、ベッドに入っても、頭が勝手に原稿の推敲(すいこう)を再開してしまい、眠りの浅い日が続いた。

ずっとそんな調子ではあったが、何とか2022年秋まで書き続けた。正確に数えたことはないが、ざっと1100本は紙面に掲載できたと思う。この本では、その中から88本を自選し、執筆当時の心境に即して八つの項目に分けてみた。それぞれの項目に込めた私の思いを正直につづってみたい。

冷や汗タラタラ

忘れもしない。最初に書いた天声人語からして綱渡りもいいところだった。東京都内のアパートで監禁されていた女子中学生が脱出して保護されたという速報を扱うことにした。中野区内の住宅街へ走り、その中学生が救いを求める電話をかけたという公衆電話の実物を探して右往左往した。何とか見つけると、その足で公立図書館へ駆け込み、電話機が主題の小説を大急ぎで探す。冷や汗が滝のように流れた。

著名人が亡くなったというニュースが飛び込んできて、慌てふためいたこともしばしば。演出家の蜷川幸雄さんのご訃報を知ったのは午後5時半過ぎだった。北朝鮮による拉致事件の被害者の会を率いた横田滋さんご逝去の報が届いたときは、もう午後7時を過ぎていた。「世界の蜷川ですよ。きょう天人(てんじん)で取り上げないわけにはいきません」「横田さんは拉致被害家族のシンボル。やっぱりきょう書いた方がいいと思います」。天声人語補佐を務める若い記者がそう言って励ましてくれる。励ましはありがたいのだが、こちらはもう夕刻には1本をほぼ書き終えており、ふんぎりがつかない。「きょうはもう疲れたしなぁ」「明日に回せばマシな原稿が書けるかも」。四の五の言い訳をしてみたが、補佐の言うことの方に理がある。締め切り時間におびえつつ、ウンウンうなりながら原稿を書くほかなかった。

もう一つ、忘れがたいのは新元号「令和」が発表された日のこと。万葉集にある大伴旅人の文章から、令と和の2字を採ったと政府は発表したが、もちろん事前に知るすべはない。準備はゼロだった。

大慌てで新聞社の書庫から万葉集を借り出し、該当ページを探した。コラムの性格上、単に出典を紹介するだけでは仕事にならない。大伴旅人の評伝を繰り、彼が生きた時代の元号の移り変わりを調べ終えたころにはもう日が暮れていた。

一事が万事そんな調子の6年半だった。一生分の冷や汗をこの期間にかき尽くしてしまったような気がする。

天を仰いで

「ふだん何本くらい準備原稿をストックされているのですか?」。担当中、何度もそんな質問を受けた。私の答えはこう。「ストック原稿なんて1本もありません」

実際、完成ずみの原稿の備蓄はまるでなかった。それでも、下調べを半ば終えた未完成稿を最低でも3本か4本は手もとに置いておこうとは心がけていた。それすら持ち合わせないで出稿当番に臨み、大変な目に遭ったことがあるからだ。

天声人語を書きはじめてまもない2016年4月のある夜のこと。千葉県市原市の地層の話を取り上げた。地磁気のN極とS極が入れ替わった跡が見つかり、世界の地質学者から注目されているという内容だった。原稿を書き終え、そろそろ帰宅しようかと席を立った瞬間、熊本県で地震が起きたとの速報が流れた。

これには困った。地層発見の学術的な価値はいささかも変わらないが、もし地震による被害が大きかった場合、あす配達される朝刊の1面コラムに「地層がどうした」「地磁気が逆転した」などという話題が載っているのはいかにもよろしくない。

手もとには、差し替えられる原稿のストックはない。かと言って、いまからまったく別の話題で1本書くには時間が遅すぎる。天を仰いだが、妙案は浮かばない。

やむなくいったん出し終えた原稿に再び手を入れることにした。「地層」「地軸」「逆転」「裂け目」「割れ目」。そんな言葉をなるべく減らすことにした。作業が終わったときにはもう日付が替わっていた。

それでも翌日、新聞社にはお叱りの声が数多く届いた。「大地震の発生を伝える朝刊の1面に地層の話題を書くとは無神経な」「被災地の読者の心の痛みがわからないのか」。SNSでも私のコラムの「間の悪さ」は話題にされた。新聞コラムの書き手として自分がいかに未熟か、痛いほど思い知らされた。

その反省もあって、その週の出稿当番を終えるとすぐ熊本へ飛んだ。避難所をめぐり、被災住民のほか、消防団員や自衛隊員にも取材した。多くの住民の携帯電話が一斉に使えなくなったこと。観光名所の水前寺公園の池が一夜にして干上がったこと。被災者を困らせたのは、停電よりむしろ断水だったこと。被災地で集めたそんな声を2日連続で天声人語に書いた。地震が起きた日に「地磁気の逆転」を慶事として取り上げてしまったことに対する私なりの罪滅ぼしだった。

それ以降、完成稿の備蓄はなくとも、差し替えのできるコラムの原案を手もとに置いておくよう努めた。読んで感銘を受けた本の話題、季節ごとの野菜や草花のニュース、昔あこがれたスポーツ選手のその後……。空き時間にはそんな題材を探し、専門家に会ったり、メモ原稿を書いたりするようになった。

トラブルに見舞われ

冷暖房の利いた新聞社の高層階の一室で、博覧強記のベテラン記者が、サラサラ軽快に筆を走らせる……。新聞コラムを書く仕事にそんな優雅な姿をイメージしていたのは、私が中高生のころだっただろうか。

実態はまるで違った。アイデア乏しく、髪かきむしり、図書館から借り出したばかりの本を斜め読みしながら、焦りにかられてキーボードを叩く。それがこの6年半のわが日常だった。

七転八倒するのは執筆の時だけではない。東京在住者の視点一辺倒のコラムにならないよう、あえて東京を離れて各地へ取材に出向くよう心がけたが、その出張にもトラブルが少なくなかった。

岐阜県では雪に阻まれた。天候を甘く見てノーマルタイヤのレンタカーを借りたのがたたり、高速道路から降ろされてしまった。カーナビを信じて山道をノロノロ走っていくと、狭いカーブに巨岩がドンと鎮座しているではないか。やむなく来た道を引き返したが、約束した取材時刻には到底間に合わない。先方にお詫びして、開始時間を遅らせてもらうほかなかった。

石川県では豪雨に立ち往生した。小型のレンタカーを運転中、幹線道路に濁流が押し寄せ、水位が上がって走れない状態に。何とか高台へ逃れ、雨脚が弱まるのを待ったが、予約した国内線の搭乗時刻が迫る。行き交うトラックが跳ね上げる泥水に視界をふさがれながら、何とか車をレンタカー会社に返却した。空港にたどり着いて「やれやれ」と一息ついてまもなく、私の乗るはずだった便の欠航が決まった。

コロナの感染拡大期には、取材相手から自宅や職場には来ないよう求められた。「感染の深刻な東京から来た記者を自宅に迎え入れたとわかると、ご近所から冷たい視線を浴びる」。何度そう言われたことだろう。

2020年の春、初めての緊急事態宣言が出されたころは日本中がピリピリし、感染者がまだゼロの自治体へ東京から行くこと自体がはばかられた。取材相手の住む市へ足を踏み入れるのを断念し、隣市の駅前ホテルで会議室を借り、そこまでご足労いただいてインタビューしたこともある。

日替わりの話題を何日も連続して繰り出す仕事ゆえ、一つのテーマを深く掘り下げる時間はない。いきおい、海外へ出張しても駆け足取材となる。韓国の平昌(ピョンチャン)で開かれた冬季五輪で現地に滞在できたのは1泊2日。取材する競技のえり好みはできず、深夜のスキー場で烈風に震えた。福島県産の日本酒が愛飲されていると聞いて飛んだ香港も、現地取材に充てられたのは8時間にも満たなかった。

会いたい人に

ありがたいことに、この6年半、取材を希望する相手に「天声人語向けのインタビューを」とお願いして断られることはほとんどなかった。入院中といった例をのぞけば、受諾率は限りなく100%に近かった。

福島県内に住む元高校教諭の男性からは、介護施設に入所中にもかかわらず「天声人語だったら手紙取材でもいいからぜひお引き受けしたい」と言われ、うれしかった。

天声人語の名がこんなにも浸透しているのは、やはり歴代の天声人語執筆陣の奮闘のたまものだろう。丁寧に取材をし、資料に当たり、水準の高いコラムを長年、載せてきてくださった先輩方のおかげで、後輩である私の取材設定は驚くほど順調に進んだ。

たとえば、絵本作家かこさとしさん。90歳というご年齢にもかかわらず、「天声人語は長年読んできたので」と即決いただいた。ご自宅へうかがい、若き日の会社勤めの思い出話を取材し、アトリエを見せていただいた。驚いたのは、作画のため特別にしつらえたという「輝く机」。視力の衰えを補うため、かこさんの顔に向けて机の下から蛍光灯をガラス板ごしに照射する逆光机だった。『からすのパンやさん』『だるまちゃんとてんぐちゃん』。自分が幼いころ夢中になった名作の数々が、この不思議な机から生まれたのかと思うと感慨深かった。

会ってみたい、話を聞いてみたいと思う人のリストはどこまでも増えた。

毎年1月に宮中で催される「歌会始」で、和歌を朗々と読み上げる男性たちに興味を覚えた年は、「披講諸役（ひこうしょやく）」を務める方を訪ねた。あの男性陣、実はほとんどが旧華族に連なる方々だという。古今和歌集や後撰和歌集、拾遺和歌集など「八代集」を暗唱できるほど読み込んでおられると知り、その勉強ぶりに舌を巻いた。

NHK「みんなのうた」で魅力的な歌が流れてくれれば、そのシンガーに会いに行った。「オケ老人！」という小説を満喫した日は、高齢者主体のオーケストラを探して、全体練習を見学させてもらう。ゴリラの絵ひと筋の画家がいると聞けば、そのアトリエを訪ね、絵筆を握らせていただいた。

他紙の記者も喜んで取材を受けてくれた。新聞業界には、なるべく同業他社の記者や元記者を登場させないという不文律めいた制約が古くからあるのだが、天声人語に限ってはそれも適用外だった。読売新聞や共同通信の記者OBのほか、現役の毎日新聞の校閲記者も快くインタビューに応じてくださった。まさに記者冥利に尽きる日々だった。

現場にこそ

仕事がら、在京他紙の朝刊1面コラムは欠かさず読んだ。毎日新聞の「余録」、読売新聞の「編集手帳」、日経新聞は「春秋」、産経新聞の「産経抄」、東京新聞「筆洗」……。

ベテラン記者らしい柔らかな導入と気の利いた着地にはほとほと感嘆させられた。「これぞ名作」というコラムは切り抜いて、すぐれた表現技法に線を引き、わがスクラップ帳に貼った。

いずれ劣らぬこれら他紙の名コラムと毎日、同じ土俵に上がり、同じ題材を、似たような決まり手で書いていては、いずれ天声人語は埋没してしまうのではないか。何か目に見える違いを打ち出したいと考えた。試みたのは現場ルポである。取材設定や移動に時間を要するため、ルポは新聞1面コラムには必ずしも適さない。それでも7本を執筆する「表番」が終わって、7日間の「裏番」に入ると、時間の許す限り、地方をめぐることにした。

オホーツク海を見下ろす丘に1千万本ものコスモスが咲いたと聞けば、北海道遠軽町へ飛び、栽培を楽しむ住民たちを取材した。九州・脊振山のふもとの農村へは、晩秋に満開となる季節外れのヒマワリ園を見に行った。彼岸花で有名な愛知県半田市は、行ってみると作家新美南吉の故郷だった。代表作『ごんぎつね』でも紹介された彼岸花を住民が植え続け、300万本にも達していた。

花だけではない。兵庫県姫路市では、人口減で寂しくなった郷里を元気づけるため、130体ものかかしを手作りしてはバス停や商店に設置している人形作家を訪ねた。静岡県熱海市では尾崎紅葉の代表作『金色夜叉』の取材をした。貫一がお宮を蹴る場面を再現した銅像は、「ドメスティックバイオレンスを是認しているか否か」。そんな今日的な論争をコラムで紹介した。

農産物や海産物がテーマのときは、できる限り試食した。初もののサンマ。信州で栽培が始まった中南米原産の穀物アマランサス。愛媛県の水害被災地でボランティアが復活させた銘酒。どれも実際に食べてみたり飲んでみたりはしたのだが、書くときはかなり苦労した。香りや味わい、歯ごたえや舌触りを文字にするのは一筋縄ではいかないからだ。

災害や事故の報に接したときも、できる限り現場へ向かった。たとえば、川崎市の電車の踏切内で立ち往生した高齢男性と、救おうとした50代の銀行員が亡くなった際は、出稿当日にその事故現場を訪ね、実際に踏切を渡って感じたことをコラムに書いた。

若い女性が見ず知らずの米海兵隊員に殺害されるという痛ましい事件が起きた沖縄県では、米軍嘉手納基地を取り囲む抗議のデモを取材した。住民たちが赤や黒のビニールテープで基地フェンスに貼り付けた抗議の「×」印が印象的だったので、それをコラムにまとめた。

その日に取材したことを当日や翌日に原稿にするのは、気がせく分、なかなかうまく行かない。それでも「お前は文学者やエッセイストじゃない。単なる記者だ。記者なら現場を踏んで書け」と繰り返し自分に言い聞かせた。

濃い人

コラムの題材を探す際、楽しみの一つは、歴史の授業で習った有名人の生誕100年とか、没後500年といった「周年」ものを見つけることだった。生誕87年とか没後1163年目みたいな中途半端な数字ではキリが悪く、どうにも記事化しにくい。

根がひねくれているのだろうか、私の場合、どこまでも立派な偉人はあまり取り上げる気が起きない。むしろ、アクが強く、家族や周囲を振り回すような「濃い口」の人物たちに心ひかれた。たとえば2017年が生誕150年に当たった在野の学者南方熊楠（みなかたくまぐす）。その奇行はつとに知られるところだが、出身地の和歌山県へ出張し、逸話を拾い集めてみた。「全裸の熊楠さんに追いかけられた」「小便をかけられた」「妻に愛想を尽かされていた」。その種の伝説がいくつも見つかった。同時に気さくで愛嬌のある好人物でもあったらしい。〈大賢は愚なるがごとし〉という言葉を地で行くような人物像にたどり着くことができた。

奈良時代の怪僧、道鏡をコラムで取り上げたのは2022年の春。没後1250年の節目だった。女性天皇をたぶらかし、皇位簒奪を狙ったとされる人だが、意外なことに熱心な信奉者はいまも大勢いる。「野心まみれの妖僧という固定イメージは中世以降の創作」だと熱く語る道鏡ファンにインタビューした。経典を写し、薬草を広め、寺院建立に尽くしたという功績の面をコラムで紹介した。

2022年が没後1400年にあたる聖徳太子の場合、「生まれてすぐ言葉を話した」「十人の話を一度に聞き分けた」などと習ったが、研究者に尋ねてみると、少なくとも4人いたとされる妃たちとの仲には苦労したらしい。うち3人は天皇の孫や豪族の娘で、何かと気をもむこともあったようだ。コラムでは、偉人ぶりを脇に置き、悩み多き多妻の男という面に焦点を当てた。

誕生や死没からの年数が中途半端な人物であっても、力の入った評伝が新たに刊行された場合は、積極的に著者インタビューに挑んだ。歌人、若山牧水の場合は、俵万智さんの評伝『牧水の恋』があまりに面白かったため、俵さんに取材してコラム化した。

安土桃山時代に四国全土をほぼ掌中に収めた猛将、長宗我部元親について書こうと思ったのも、末裔である17代当主、長宗我部友親さんの著作『絶家を思う』に惹かれたから。豊臣秀吉に攻め込まれ、歴史の表舞台から消え去った戦国武将である。「江戸時代は家紋も家名も使うことを禁じられた。長宗我部の代わりに島という姓に改め、門番の仕事にも耐えました。再び元の姓を名乗ったのは大政奉還の後です」。時間軸が雄大で、しかもドラマ性の極めて高いお話に時の経つのを忘れた。

わが身を省みれば

「きょうの天声人語の筆者はどなたですか」。朝日新聞社にあるお客様オフィスには毎週必ずそんなお問い合わせをいただく。筆者交代の折には顔写真と略歴を紙面で発表しているのだが、掲載は一度きり。また日々の天声人語の末尾には残念ながら、署名を載せる余白もない。

執筆者名の照会が特に増えるのは、自分の歩みや過去の失敗を正直に書いたときかもしれない。初任給をめぐる小さな悔いについて論じたときがまさにそうだった。新聞社で働き出した年の最初の4月、せっかく給料を受け取ったのに、親のことに気が回らず、何のお礼もしなかった。せめて食事に誘うとか、花を贈るとか、好きそうな画集や写真集を送るとか。謝意の表し方はいろいろあるのに、実家の両親に「初任給が出たよ」といった報告の電話もかけずに済ませてしまった。50代にもなってそのことを後悔していると書いた。

わが方向音痴について論じたときは、どこまで正直に自分のことを語ってよいものか迷った。米国の研究者が作った「方向感覚テスト」なるものを受けたところ、点数が世界平均より27ポイントも低かった。子どものころから方向音痴で、迷路遊びが大嫌い。そんな思い出も開陳してみたかったが、署名のないコラムゆえ、読者の中に「有田記者が方向音痴」という誤解が生じるかも知れない。そんなことまで考えて、ごくごく筆を抑えてしまった。正しい判断だったのか、いまもって自信はない。

自分の料理下手について書くのも一苦労だった。料理研究家を訪ねて、ゴボウのささがきを習ったことをコラムにしたのだが、つい勢いに乗って、自分のことを詳しく書いてしまった。「当方、包丁を握ったことがほとんどない」「大正生まれの祖母の口癖は『男子、厨房に入らず』」「自炊もできず、単身赴任中は外食続きで体調を崩した」

読者の反応は私の予想よりはるかに厳しかった。「いまどき自炊もできないと開き直る神経が信じられない」「包丁も握ったことがない世間知らずに、新聞の1面コラムを書かせないでほしい」……。

ことほどさように自分のことを天声人語に書くのはむずかしい。書き出してはみたものの、うまくまとめ切れずボツにした原稿の多いこと、多いこと。いつか『ボツ天声人語集』というタイトルで出版したいくらいの量である。

読者ありてこそ

私がコラムで取り上げた題材の中には、見ず知らずの読者の方から届いた手紙やメールにヒントを得たものが少なくない。

徳島新聞社で論説委員長を務めた80代の方からは「徳島商業が優勝した昭和17年の夏の甲子園大会を天声人語で取り上げてほしい」と具体的なご提案をいただいた。「夏の甲子園は朝日の主催ですが、この年は政府の主催でした．戦意高揚のためでした」と書いてある。がぜん興味を覚え、手紙の主をご自宅に訪ねた。

昭和17年の夏はミッドウェー海戦で日本軍が大敗した直後。参加校にはこんなルールが通知された。①選手ではなく選士と呼ぶ、②打者は投手の球をよけてはならない、③途中交代は禁止――。「当時の政府が、最後まで死力を尽くす戦士であれと教え込もうとした大会でした」

わざわざ資料をそろえ、東京の朝日新聞社まで郵送してくださったことに何度もお礼を申し上げた。

「夏になると御巣鷹山に墜落した日航機事故の報道が多い。私の両親が亡くなった全日空機事故のことをたまには取り上げて下さい」。横浜市内の70代女性からはそんなお手紙をちょうだいした。1971年夏、岩手県雫石町の上空で、全日空機と自衛隊機が衝突した惨劇のことが詳しく記されていた。

コロナの感染を避けるため屋外でインタビューし、日を改めて雫石へ出張し、慰霊碑に手を合わせた。あの手紙を受け取らなかったら、書くことのない事故だった。

最後に、この6年半で私が最も心揺り動かされた一通をご紹介したい。

〈私の娘はこの3月に、中学校を卒業致しました〉と始まる手紙はある女性から届いた。地元の中学校に通っていたお嬢さんが、いじめを受けて教室に入れなくなり、登校をやめてしまった。つらかったその時期、たまたま私が書いた天声人語に目が止まった。「中1でいじめに遭い、中2で不登校になった男子が、沖縄のある離島の中学校へ転校して立ち直った」という内容だった。女子生徒はその記事をきっかけに自分で沖縄の学校のことをネットで調べ、思い切って転校した。行ってみると温かい雰囲気の学校で、元気を取り戻し、無事に卒業できたとつづられていた。

自分の書いたコラムの一編が、不登校に悩む中学生にとって立ち直りのきっかけになっていたとは……。天声人語という看板の重さに押しつぶされそうになり、自分の書いたコラムのつたなさを嘆いてばかりいたが、このお手紙には逆に私の方が励まされた。

この場をお借りして、津々浦々の読者の皆さまのご支援に改めて御礼申し上げたい。

数々の拙稿をお読みいただき、感想を送って下さり、題材の提案までしていただき、ほんとうに、ほんとうに、ほんとうに、ほんとうにありがとうございました。

〈山中季広〉

PART Ⅱ

有田哲文・88選

季節・自然

外来鳥の声を聞く

ある朝、随分いい声で鳴く鳥がいるなと思い調べると、どうもガビチョウというらしい。もとは中国などにいた鳥で、「日本の侵略的外来種ワースト１００」にも選ばれているというから穏やかでない。

「歌はうまいんです」というのが、日本野鳥の会のベテラン研究員、安西英明さんの評だ。「清子、清子」と聞かれるクロツグミの鳴き声に似るが、こちらは「キーヨコ」と伸ばす。美声ゆえに１９８０年代に輸入されて飼われたのが逃げて、繁殖したようだ。

ここ数年は急増しているようで、目の周りが白い独特の風貌(ふうぼう)を見た人たちから「図鑑にない鳥がいる」との問い合わせがある。関東や九州だけでなく東北南部でも見られるようになり、「温暖化とも関係があるかも……」と安西さんは言う。ウグイスなどの脅威にならないか、注視している。

毎年同じに見える春の野も、本当はずっと変わらないわけではない。タンポポの在来種カントウタンポポは、セイヨウタンポポなどの外来種に長い時間かけて押されてきた。「タンポポ戦争」とも言われた。

実際は植物が争っているわけでなく、都市部で自然が壊され在来種が居場所をなくしたのが原因だとの指摘がある。空白地帯に、新顔が広がったのだと（稲垣栄洋著『身近な雑草の愉快な生きかた』）。

手元の歳時記にも見えぬガビチョウではあるが、その快活さは印象的だ。人間に振り回された末の日本での暮らし。そう思うと哀れなような、いとおしいような気がしてくる。（16・4・20）

京町家の夏

ひとに衣替えがあるように、京都の家には「建具替え」がある。初夏のこの時期、ふすまや障子を外して、簾（すだれ）を下げたり、葦簀（よしず）を張った葦戸（よしど）を入れたりして風の通りをよくする。畳の上には、素足がひんやりするよう籐（とう）むしろを敷く。

「クーラーの冷たさとはまた違う、気持ちのいい風が来ます」と、中京区に住む小島冨佐江さん

(60)は言う。明治や大正から続く「町家(まちや)」と呼ばれる家屋には、京都の暑さをしのぐ工夫がある。

京都の町家を保存しようと、小島さんたちが「京町家再生研究会」を立ち上げて25年。町家が価値ある存在だとの認識は定着してきた。不動産取引でも、かつては値段の付かない「古家」の扱いが多かったが、いまは町家取引を専門にする不動産会社がある。

町家カフェや町家レストランもあちこちに見られるようになった。京都市は、町家を解体しようとする場合は1年前に届け出をしてもらう条例を作ろうとしている。

このところの海外からの観光客の急増は、町家の保存には逆風といえる。古い建物を壊してホテルにする動きが強まっている。一方で町家を使ったゲストハウスが人気を集め、増えている。向かい風と追い風。時代の流れに町家が揺れている。

「なくなってしもたら、もう新たに建てることもできひん建物です。記憶からも全部消えてしまう」と小島さんは言う。京都市によると現存する町家は4万軒で、過去7年間に5600軒減った。1日あたり、2、3軒が失われている計算である。(17・6・26)

うつせみの季節

何にでも値がつくのが市場経済であるならば、とくに驚くことではないかもしれない。フリーマーケットアプリのメルカリで、セミの抜け殻が出品されていた。90体で1100円などの品は、自由研究にでも使われるのだろうか。

抜け殻と言うと物質そのものだが、「空蟬（うつせみ）」と言い直すと、命の名残があるような気がする。近所を歩いていて、コンクリートの擁壁にしがみつく空蟬をいくつも見た。旅立ちの場所は樹木でなくとも構わない、そんなたくましさがある。

空蟬に生命の力を見て取り、詠まれた句は少なくない。〈空蟬のいづれも力抜かずゐる〉阿部みどり女。役割がすんだはずの抜け殻なのに、筋力さらには視力すら感じてしまう。〈空蟬の脚の確かさ眼の確かさ〉後藤比奈夫。

長梅雨のせいだろうか、セミが鳴き始めるのは昨年よりだいぶ遅かった。セミたちにとっては待ちに待ったお日さまであり、暑さであろう。殻を脱いだばかりのセミが多いかと思うと、鳴き声にも元気があるような。

お盆の帰省の時分である。自分が脱いできた殻を振り返る、そんな時間を過ごすのもいいかもしれない。親子で友人で自然と昔の話になる。実家に残した本を手に取れば、あの頃考えていたこと、悩んでいたこともよみがえるか。

〈空蟬のなほ苦しみを負ふかたち〉鷹羽狩行。悩みや苦しみから抜け出して、一歩前に進む。脱皮の言葉はいま、比喩として使われる方が多いだろう。人がセミと違うのは、何度でも殻を破れることだ。（19・8・12）

青い実、赤い実

心に感情が芽生え、言葉が出てくる。そうではなく言葉を得たから、感情が育まれることもある。植物の果実の愛らしさを強く感じるようになったのは、室生犀星の一句に出会ってからだ。

〈青梅の臀（しり）うつくしくそろひけり〉

青い梅の実のつるんとしたところが、まるで赤ん坊のおしりのよう。作家に教わったそんな感覚を、梅の木に通りかかったとき、スーパーで見かけたときに思い起こす。そろそろ梅酒づくりを、と考える季節になった。

家庭菜園というのもはばかられる小さな一角に、トマトが青くかわいい実をつけた。赤く熟す日が待ち遠しい。あの鮮やかな色は、トマトにとっては紫外線対策なのだと、田中修著『植物はすごい　七不思議篇』で学んだ。

紫外線は活性酸素を生み、植物の体にも悪さをする。活性酸素を消すため、皮や果肉にリコピンとカロテンという色素を作ることが彩りをもたらすのだという。あの健康的な赤は、強い太陽の日差しとたたかっている証しなのか。そう思うと、いじらしくなる。

トマトはその栄養価の高さから、欧州ではリンゴに例えられる。英仏では「愛のリンゴ」と呼ばれ、国によっては「黄金のリンゴ」「天国のリンゴ」といった名もあるらしい。愛、黄金、天国、そんな名前をつけたくなる果実は他にもありそうだ。

もちろんそれは食卓に並ぶものに限らない。歩いていて、樹木や野草がつけた赤い実、青い実に目が留まることがある。そして長いこと、立ち止まることがある。（20・6・7）

ねむりの木

暑さが増す季節は、花に出会う機会が減っていくときでもある。アジサイが盛りを過ぎたら次の楽しみは真夏のサルスベリか。などと考えていたら、ネムノキが咲いていた。薄紅色の糸のような花はあまりに繊細で、指で触れても空気のようだ。

夜になると小さな葉が閉じ、眠るように見えるこの木は「ねぶ」「ねぶりのき」などとも呼ばれてきた。漢字は「合歓木」のほかにも「夜合樹」「夜合葉」などがあるそうで、どれも葉と葉が寄り添う姿を描く。「睡樹」は文字だけで眠気を催すような。

こうした葉の動きは「就眠運動」と呼ばれており、眠る植物はほかにもある。多田多恵子著『したたかな植物たち』によると作法は様々で、クローバーは3枚の葉が立ち上がるのが寝姿。シソは葉をだらんと垂らして眠りにつく。

彼らの眠る理由はまだ解明されていないというが、何か自然の摂理があるのだろう。それに対し人間は、社会のあり方に眠りが左右される動物である。ときには睡眠を削り、労働や通勤の時間を確保する。

若い世代の睡眠時間が、この10年で1割ほど増えたと聞く。調査したビデオリサーチと電通によると、一因はスマホとみられ、横になって見ているうちに寝入る人も多いという。小さな機械は必ずしも夜更かしの友ではないらしい。

近所の公園のネムノキは、すぐそばにある街灯に照らされていた。安眠を妨げられぬかと思いきや、葉はきちんと閉じている。昼間とは違うたたずまいに、たくましさを見る。(20・7・8)

露の秋

春先に聞く「三寒四温」の言葉は、寒い日とあたたかい日が入れ替わるように訪れるさまをいう。いまは秋らしい涼しさを感じたかと思うと、また暑くなる日々で「三涼四暑」とでも言いたくなる。夏と秋がかわりばんこに遊びに来るような。

空に鰯雲(いわし)が広がっていたかと思うと、また入道雲に出合う。それでも下へ下へと目を落とすと、草の上には無数の露の玉が光っている。夜の気温が下がり、水蒸気が凝結しやすくなる季節である。しゃがんで見ると、小さな水晶玉が懸命に日の光を集めている。

露の美しさが古くからめでられていたことは多くの古歌が教えてくれる。〈白露に風の吹きしく秋の野はつらぬきとめぬ玉ぞ散りける〉文屋朝康。百人一首にもとられた平安の和歌には、装飾品の玉が散らばったようだとある。

その美しさは、やがては日の光に消えてしまうはかなさをはらむ。〈秋萩の上に置きたる白露の消かもしなまし恋ひつつあらずは〉弓削皇子。恋に苦しむより、消えてしまったほうがましではないか。そんな万葉の歌は、露におのれを重ねる。

はかない自分の身は「露の身」で、はかないこの世の中は「露の世」である。さすれば昨今の日本の秋のことも「露の秋」と呼びたくなる。夏としか思えない暑い日々が長びき、秋は、つかまえたらすぐに逃げてしまいそうだ。

さわやかという言葉は春にも使いたくなるが、秋の季語である。この季節ならではの外の空気を十分味わいたい。ときにはマスクを外して。（20・9・18）

新米を炊く

釜でなくてもメシは炊ける。後に映画監督となる岡本喜八は太平洋戦争勃発の年、ヤカンを手に上京した。これ一つでみそ汁も作り、コメも炊いた。やがてフィルムの空き缶が取って代わる。コメ1合にちょうどよかったという。

炊きたてのメシにバターをのせ、醤油（しょうゆ）をかけて食うのが最高のごちそうだったと岡本は書く。なくてはならないのが香ばしいおこげ。電気で炊くのは便利だが、メシがメシらしくなくなったと嘆く（「男ひとりのヤカンメシ」）。

我が家も炊飯器だけでなく、ときどき土鍋を使う。土鍋だと炊けるや否や待ってましたと食べ始めるので、そこにもうまさの秘密があるように思う。道具は何であれ、炊きたてが食べたい。新米の季節である。

コメの出来具合は全国的には「平年並み」で、北海道や東北などは「やや良」の豊作という。そんな新米にも新型コロナは災難をもたらす。外食の需要が落ち込み、いつになくコメ余りとなりそうだ。

家庭の消費量は増えたものの、海外からの観光客が消えたことが響いている。今まで知らず知らずコメを輸出していたようなもので、外国人の舌も楽しませてきた。目減りを補うまではいかずとも新米をなるだけ味わいたい。〈新米を炊くよろこびの水加減〉岡田眞三。

今年社会に飛び出した新米たちも、いきなりテレワークになるなど受難を経た。仕事をどこまで覚えられたか、本人も周りも心許（こころもと）ない。立派に炊きあがるための水加減に、いつもより気を使う年である。（20・10・11）

白鳥の飛来

昨年の秋、群馬県館林市にある美術館を訪れた折に、近くの多々良沼まで足を延ばした。ちょうど夕暮れどきで、橙色に染まっていく水面にしばし目を奪われた。散歩に来ていた地元の方と話をして、ここは白鳥が越冬する場所だと知った。

数日前のニュースで、シベリアから多々良沼への白鳥の飛来がピークを迎えていると耳にした。暮色のなか、ゆったりと泳ぐ姿を想像する。例年より鳥の数が多いのは、大雪となった日本海側を避け、エサを求めてやって来たためらしい。

鳥が渡るのを人の旅行になぞらえれば、避寒の言葉が浮かぶ。しかし羽毛に包まれた鳥たちにとって大切なのは寒暖ではなく、食べ物があるかどうかだ。優雅に見える彼らも生きる糧を求めて必死なのだ。

各地に伝わる羽衣伝説の天女は、白鳥に擬せられる。舞い降りた天女は水浴びを始めるが、男に羽衣を隠されてしまう。天には戻れなくなって男と夫婦になり、子ももうけるが、やがて羽衣を見つけ、帰る日が来る。

人が白鳥に聖なるところを見たのは、北の方角から渡り、北へ帰ることにも関わっていると、長く研究してきた赤羽正春さんが『白鳥』で書いていた。日が昇る東、日が没する西、あたたかな南、そして寒冷な北。北は生命が塞がれる方角、さらには生命が始まり、終わる場所として認識されたのではないかと。

〈白鳥といふやはらかき舟一つ〉鍵和田秞子。聖も美も、そしてたくましさもその舟に乗せながら、鳥はしばしの滞在を続ける。(21・2・12)

桜前線

忘れっぽいたちなのか、毎年春になると、桜というのはこんなにきれいだったのかと驚いてしまう。そして次に思うのは、美しい時間はこんなに短かったか、ということだ。

〈夜／さくらは天にむかって散っていく〉とつづったのは、詩人の片岡文雄である。そして咲き誇るころの美しさをこう表現した。〈じつにわずかなときだが／さくらのはなびらは／わたしらの足もとを／どこにもないひかりでてらす〉(「さくら」)。

冬の終わりにあたたかい日が続いたためか、今年の桜前線はいつもより早めに北上している。にぎやかなお花見が封印された2度目の春。見頃を過ぎた近所の桜はそれでも、路面の彩りとなり、水面の花筏となって趣を残している。

満開の地は今どのあたりかと思っていたら、きのうの朝刊（東京本社版）に福島県富岡町、夜の森地区の桜が見頃とあった。地元で知られた桜並木だが、福島第一原発から7キロと近く、事故により人影のない場所になった。

現在も部分的に避難指示が出たままで、自由に見ることのできる並木は半分もない。そこを訪れ、結婚記念の写真を撮っていた若い二人の話が記事にある。「やっぱり地元で撮りたいと思って。桜は相変わらずきれい」

〈さまざまのこと思ひ出す桜かな〉という芭蕉の句にうなずくのは、美しさの衝撃ゆえにあの年の春、この年の春と心に浮かぶからだろう。つらい記憶もある。それでも楽しい思い出が時を経て重みを増すから、たぶん人は歩いていける。（21・4・6）

夏本番

ビールのグラスを傾け「おいしい」と言うだけのCMは究極のワンパターンながら、やっぱり喉が鳴る。しかしこれまで見た映像で一番うまそうなビールは、黒澤明監督「野良犬」の一場面にあったように思う。

「配給のビールがあるのを思い出してね」。ベテラン刑事が若い刑事を家に連れてきて、一緒に飲む。終戦直後の夏の日、汗みどろになって聞き込みをした刑事たちの喉の渇きを思う。配給という言葉の響きとともに。

暑いさなかの得がたい冷たさ。そんな飲み物、食べ物は長く記憶に残る。汗びっしょりになって遊んだ後、友だちの家で飲んだ麦茶。夏のラジオ体操で配られた色鮮やかなアイスキャンディー。富安風生の句に〈一生の楽しきころのソーダ水〉がある。その光景は喫茶店でおしゃべりをする若者たちか。あるいは駄菓子屋でラッパ飲みをする子どもか。「冷やしラムネ」「夏氷」など文字にするだけで涼やかな気分になるものが、この国にはある。

総務省の家計調査で昨年のアイスの年間支出額が過去最高だったという。2人以上の世帯で年間1万円を初めて超えた。冷房のきいた職場と違い、巣ごもり生活でつい手を伸ばしてしまう人が増えたのか。もちろん昨年の夏もかなりの暑さだった。

きのうの四国を最後に全国すべての地域で梅雨明けとなった。〈それぞれに何かを終へし麦酒かな〉古川朋子。ビールでも氷菓子でも、暑さのなかでがんばる自分へのご褒美がいる。そんな季節がまためぐってきた。（21・7・20）

木枯らし1号

かくれんぼの鬼の面白さは、目を開けると、世界ががらりと変わっているところにある。たくさんいたはずの友だちが、姿を消している。季節もそんなふうに劇的に変わることがある。〈かくれんぼ三つかぞえて冬となる〉寺山修司。

劇作家の句は、どこか舞台の転換を思わせる。幕あいをはさんで背景が変わるように、いきなり冬の様相となった。近畿地方ではきのう、木枯らし1号が吹いた。いつもよりも早めのお出ましである。

このところは残暑が長引くことも多く、秋が短くなっている気がする。オフコースのふるい歌「僕の贈りもの」を思い出す。〈夏と冬の間に秋をおきました／だから秋は少しだけ中途半端なのです〉。

その長さがどんなに中途半端になっても、十分に味わいたいのが秋である。まだ「冬晴れ」ならぬ「秋晴れ」のなかを歩けば、キバナコスモスの畑に出合う。秋のバラが咲いている庭にも。葉を落とした木に、柿の実がともしびのように連なっている。

日が暮れる前に少し散歩を、と思っても間に合わないことが増えた。〈石塀を三たび曲（まが）れば秋の暮(くれ)〉三橋敏雄。詠まれているのは秋の夕暮れだが、暮秋(ぼしゅう)すなわち秋の終わりの意味もあるというのが、文芸評論家山本健吉の注釈である。

放射冷却現象により、寒い朝を迎えた方もいただろう。「春眠暁を覚えず」と言うが、この季節は夜明けに目覚めても布団から抜け出せない。それでも早くに窓を開ければ、ぴんとした空気が朝のあいさつをしてくれる。（21・10・24）

正月の酒は

罪悪感もなく朝から飲めるのが正月の酒で、それは「まず目を酔わせる」と、作家の永井龍男が随筆に書いている。とりわけ天気のいい日に「笛と太鼓のはやしを先触れに獅子舞いが飛び込んで来たりすると、実にまぶしい思いをする」。

お獅子の真っ赤な顔には、飲まずとも目を酔わせるような鮮やかさがある。獅子舞の来訪もなく、新年の晴れ着もなかなか目にしなくなった現代ではあるが、正月の色はある。

松飾りの緑と赤に。お屠蘇(とそ)の杯の朱色に。初売りの紅白幕に。ここぞというときに赤色が登場するわけは、人類が狩猟採集で暮らしていた昔に遡(さかのぼ)るのかもしれない。赤く熟して栄養のある果実が見つけられるかどうかは死活問題だった。祖先たちは赤い実に心躍らせたに違いない。

色だけでなく味にも正月はある。これでもかというくらいの甘い味付けを楽しみつつ、そういえば日本語の「甘い」と「うまい」は語源が同じだったか、などと考える。甘味もまた酒に合うと感じるのは、雰囲気に酔うからか。

今年は家族や親戚が集まり、普段のお正月を取り戻したという方も多いのではないか。杯を傾け、おせちをつつき、会えなかったこの2年のことを話す。変異株も今のところ、おとなしくしているように見える。

〈一軒家より色が出て春着（はるぎ）の児（こ）〉阿波野青畝（あわのせいほ）。近所の家から、色鮮やかな服の子どもが飛び出してくる。ああ、帰省しているのだなと心穏やかに眺めることができる。そんな素直さをしばらく奪われていた。（22・1・3）

竹の秋

竹のおもしろみは、季節にあらがうようなところにある。秋に草木が色づく頃には青々として、自分だけ春の装いとなる。やや場違いなその様子は「竹の春」と呼ばれ、季語にもなっている。そして今の春の季節は「竹の秋」である。

葉が黄色くなるのは、勢いよく伸びるタケノコに養分を回しているかららしい。自らは秋に身を置き、若い仲間たちに春をもたらす。次の世代への思いやりにも見える。

ときに優しく、ときに厳しく。次世代をどう育てるかが問われる季節である。あちこちの職場で、新たに入社した人たち、異動で新たな仕事を始める人たちの姿がある。新人研修でも実地の訓練でも、すでに育った竹たちの出番である。

かなり昔になるが、学校を出て最初に入った出版社の研修で聞いた話がある。講師役は、少女向け雑誌に長く携わったベテラン編集者だった。子どもがいなかったその人は、読者の気持ちに少しでも近づこうと、自分のなかで架空の少女を思い描いていた。

少女に名前をつけ、あの子はいま学校に行っているかな、友だちと遊んでいるかな、などといつも想像していたと話してくれた。学んだのは、雑誌を手にとってくれる人を常に考える姿勢である。どんな製品、サービスでも同じであろう。

タケノコたちは、背の高くしなやかな竹に出会い、あの人のようになれるだろうかと不安を覚えるかもしれない。しかし誰でもタケノコの時代は悩みながら過ごしたはずだ。誰かから養分を受け取りながら。(22・4・10)

メッセンジャーを殺すな

「メッセンジャーを殺すな」という格言が欧米にある。悪い知らせを携えてきた人がいる。どんなに耳の痛い内容であっても、それを伝えてくれた人を非難したり、邪険にしたりしてはいけないとの戒めである。

古代ローマ時代、ある王が敵の接近を知らせてくれた男の首をはねてしまったという故事もある（『プルターク英雄伝』）。悪い話をメッセンジャーごと消してしまおうとする姿勢は、いまの安倍晋三政権にもうかがえないか。

加計学園問題を告発した官僚ＯＢには、人格攻撃を見舞った。「行政がゆがめられた」という彼の指摘を受け止めて、すぐに調査し説明すべきだったのに。「共謀罪」法案に懸念を表明した国連の専門家には、抗議をもって応じた。疑問に丁寧に答えればよかったのに。

そして、与党による力ずくの国会運営である。共謀罪の捜査が心の中にまで踏み込んでくる危険はないか。権力に都合の悪い活動も捜査の対象になるのでは。そんな不安を代弁して、問いただすはずの国会議員も、ないがしろにされた。

国会閉幕を急いでまで首相が聞きたくなかったのは、加計学園をめぐり「政府を私物化したのではないか」との指摘か。よほどの緊急事態だったのだろう。

故事によれば、メッセンジャーを殺害した王にはその後、誰も何も報告しなくなる。王のご機嫌を取り、敵の将軍を笑いものにするような人たちばかりが周りに残った。その間に戦況は悪化の一途をたどったというのが、歴史の教えである。(17・6・16)

元号について

先週、ある省庁の会議を傍聴していた。メモを取る手が止まってしまったのは、こんな言葉が耳に入ったときだ。「平成41年度までの10年間、こうした事業を……」。天皇陛下の退位により平成は、30年もしくは31年までと見られているのに。

官僚たちが知らないわけはない。しかし役所の仕事は西暦でなく、元号を使うのが原則なのだ。あるはずもない「平成40年代」を語るのは、決まりに従うなら、きわめて正しい。そしてややこしい。

この際元号をやめたらどうかという気もしてくる。戦後の論壇を振り返れば、そんな議論はあった。仏文学者の桑原武夫は1975年の論考「元号について」で、世界に通用する西暦を使い、元号は廃止すべしと主張している。

「人間としての天皇の御一生に私たち国民の……あらゆる生活の基準を置くというのは、象徴ということにふさわしいとは申せません」とも書いている。御一生を在位期間とすれば今も通じる意見だろう。そこまでいかなくともせめて公文書は、西暦を主、元号を従としてはどうか。

いやいや元号は、味わいのある時代区分だから大事だとの声もあろう。当方も「昭和の文化を……」などと表現してしまうことがある。しかし考えてみれば同じ昭和でも戦前と戦後は違う。高度経済成長の後も、社会はがらりと変わった。

中国から周辺の国々に伝わった元号だが、今や日本だけが使っている。まだまだご活躍願うか、少しずつ荷を下ろしてもらうか。議論の好機であろう。(17・8・21)

ある参入障壁

最近とんと聞かなくなった言葉に「内外価格差」がある。肉も洋酒も電化製品も、欧米より高い高いと言われたのは昔のこと、昨今は日本の方が安い場合も多い。ところが価格差は意外なところにあった。選挙の供託金である。

衆参の選挙区や知事に立候補する場合は300万円、比例区なら600万円を預けておき、一定の票を得なければ没収される。売名目的の立候補を防ぐために必要とされるが、どうも海外では当たり前ではないらしい。

「自分で選挙に出てみて、制度のおかしさに気づいた」。そう言うのは東京都知事選に2度立った宇都宮健児弁護士である。調べてみると主要7カ国のうち米仏独伊は選挙供託の制度がない。英国やカナダにはあるが、10万円もしない。

宇都宮さんたちは現在、弁護団を組み、供託金は違憲だと裁判で訴えている。議員の資格について財産や収入で差別してはならないと定めた44条に反するとの主張だ。「立候補する権利を奪われている人が数多くいる」

気がつけば世襲議員が目立つ日本である。投票はみんなの権利だが、政治家になるのは別世界の人だと思い込んでこなかったか。お金の代わりに有権者の署名を提出すればいい国もある。裾野がぐっと広がる気がする。

韓国でも供託金は高額だったが、10年以上前に違憲とされた。「この額は大多数の国民に立候補を断念させてしまう。経済力のない庶民や若者が立候補するのを困難にする」。判決の言葉の一つ一つにうなずいてしまう。（17・9・21）

官僚「性弱説」

経済産業省の官僚だった古賀茂明さんが、森友学園問題に向き合う際の心得を書いていた。官僚は聖人君子でもなければ悪人でもない。だから性善説や性悪説ではなく「性弱説」で考えるべきだと。

弱さゆえ、普段は善人でも地位や組織を脅かされそうになると尋常でない悪事に手を染めるのだという（週刊エコノミスト4月10日号）。たしかに豪胆に振る舞う高級官僚も、よくよく話すと気の小さい人は少なくない。公文書の改ざんに関わったのも、そんな人たちだったか。

改ざんで告発されていた佐川宣寿（のぶひさ）・前財務省理財局長らが不起訴になった。文書から削られたのは一部にすぎず、契約金額など根幹は失われていないと検察は判断したようだ。その一部の中には、首相夫人への言及など根幹と思える内容があるのだが。

麻生太郎財務相が数日前に「いわゆる改ざんとか、そういった悪質なものではない」と口にしたのも不起訴になる感触を得たからか。刑事事件でなければ悪質ではないという発想なのだろう。「セクハラ罪という罪はない」と言ったのもこの人だった。

安倍晋三首相も最近、森友問題で「贈収賄では全くない。そういう文脈において、一切関わっていない」と述べている。刑務所の内側に落ちるような話でなければ別に問題ない。宰相が真っ昼間から語るべき言葉だろうか。

倫理、公共心、行動規範……。政治や行政に求めたい姿勢を並べると空しくなる昨今である。そういえば選良や公僕という言葉もあった。(18・6・2)

世襲政治

福沢諭吉が世襲身分制をいかに憎んでいたかが、伝わってくる。「門閥制度は親の敵(かたき)でござる」。門閥すなわち家柄ですべてが決まった幕藩時代を振り返り、残した言葉だ。もっとも門閥は今も健在のようだ。自民党総裁選を見る限りは。

9月に立候補が取りざたされる安倍晋三、石破茂、野田聖子、岸田文雄の各氏は2世、3世ばかり。そういえばもう長いこと、世襲でない自民党総裁を見ていない。慣れっこになったか、世襲への批判も耳にしなくなった。

そう思っていたら、小さいながらも党内に動きはあるという。若手国会議員らが世襲を抑えるための提言作りを進めている。候補者の公募に十分な時間を取り、安易な世襲に流れないようにすることを求めている。

衆院小選挙区で当選した自民党の世襲議員は3割を上回る。「これがもし半分を超えたら」というのが、提言作りにあたる大岡敏孝衆院議員(46)の懸念である。「もはや国民政党ではなく、何とか家、何とか家……の党になってしまう。特定の家が地域の人びとを代弁するなんて、まるで江戸時代です」

世襲の何が問題かと言えば、優れた人材がはじき出されてしまうことだ。しかしこの正論、最近は旗色が悪い。公募で選ばれた議員たちの失言や不祥事が相次いでいるからだ。「魔の3回生」との呼び名もできた。

彼らが世襲議員の引き立て役になっているとすれば、悲しいというか情けないというか。異常を異常と感じなくなれば、それが本当の異常である。(18・6・24)

桜田五輪相の答弁

今の国会で最も目立つ閣僚は桜田義孝五輪相であろう。汗を拭いながら、答弁書を読みながらの危なっかしい受け答えが続く。東京五輪の基本コンセプトを即答できない。1500億円と答えるべきところを「1500円」と言ってしまう。

しかし五輪相に選ばれた理由を問われた時には、自分の言葉できっぱり語っていた。「総理が適材適所と思って選んだ。その選んでいただいた人に、立派に任務を果たすように、しっかり取り組んでいる」。えっ、働くのはもっぱら総理のため？　国民のためじゃなく？

そういえば少し前、財務省の理財局長から似たような答弁があった。「公務員として、お仕えした方に一生懸命お仕えすることが仕事だ」。ここでも目が向く先は国民ではなく、大臣など上司のようだ。

自分たちは国民に奉仕する公僕である。そんなことは桜田さんも役人のみなさんもご存じのはずだ。建前としては。それが建前にとどまり、信念や原則になっていないから、とっさの時に口から出てこないだけなのだろう。

体に染みついたのはむしろ「忠誠」の方か。かつて武士たちに求められた倫理が思い起こされる。「君、君たらずとも、臣、臣たらざるべからず」。主君が立派でなくとも、家臣は忠誠心を持たねばならない。絶対服従の教えである。

臣下としての資質は、しっかりお持ちの方が多い。そんなふうに思えてしまうのが、昨今の永田町・霞が関である。重責を担う資質があるかどうかは、また別の問題だ。（18・11・11）

土砂の投入

沖縄県の名護市辺野古の海に一昨日、土砂が投入された。近くで開かれた抗議集会で、多くの人が声を上げるのを聞いた。怒りや非難とともに、こんな言葉もあった。「沖縄は日本の一つの県です。でも、それが認められていない。悲しいことです」

マイクを握っていたのは、名護市議の翁長久美子さん(62)。話しかけてみると、東京の官庁街で新基地建設の反対を訴えたときの悔しさが忘れられないという。ビラを受け取ろうともせず、歩き去る官僚たち。何度も反対の民意が示されても、工事をやめない政府の姿と重なった。

一方で、沖縄から佐賀へ米軍機を一時移す計画は、佐賀県の反対で撤回された。この違いは何なのか。「沖縄は一つの県ではなく、植民地なんでしょうか。植民地の意見なんか聞かなくていい、ということでしょうか」

新基地反対を掲げた玉城デニー氏が知事に当選したのは、この秋である。そんな民意に対する政府の答えが、急いで土砂を入れ、工事を進めることだったとは。

安倍政権に、政治センスを感じることがある。人びとの関心が高いとみるや、さまざまな手当てを試みる。消費増税の緩和策などがそうだ。しかし大多数の関心が低いと判断すれば、とんでもない無茶をしてくる。辺野古での政権の振る舞いは、私たちの鏡かもしれない。

4%。今回土砂の投入された区域が、全体に占める割合である。まだまだ引き返せるという訴えは、間違っていない。全国の人びとが、目を向けるならば。(18・12・16)

安吾が「欺瞞」と呼んだもの

敗戦の年の夏のことを、作家の坂口安吾が苦々しく書いている。「国民は泣いて、ほかならぬ陛下の命令だから、忍びがたいけれども忍んで負けよう、と言う。嘘をつけ！嘘をつけ！嘘をつけ！」。われら国民は戦争をやめたくて仕方がなかったではないかと(『続堕落論』)。

日本人のそんな振るまいを安吾は、「歴史的大欺瞞」と呼んだ。死にたくない、戦争が終わってほしいと切に欲していたのに、自分たちでは何も言えず、権威の行動と価値観に身をゆだねる。自らを欺く行為に等しいと、安吾には映った。

天皇が元首だった当時とは違い、象徴と位置づけられる現代である。それでも似たような精神構造をどこかで引きずってはいないだろうか。

「象徴としての務め」は、平成に入ってから目立つようになった。なかでも第2次大戦の戦地への訪問の一つひとつは、日本の加害の歴史を忘れないようにという試みだったのだろう。平和憲法を体現する道ともいえる。しかし、こうも思う。その営みは、天皇という権威が担えばすむことなのか。

「おまかせ民主主義」という言葉がある。投票にも行かず政治家や官僚に従うことを指す。同じようにすごく大事なことを「象徴の務め」にまかせて、考えるのを怠ってこなかったか。天皇制という、民主主義とはやや異質な仕組みを介して。

世襲に由来する権威を何となくありがたがり、ときに、よりどころにする。そんな姿勢を少しずつ変えていく時期が、来ているのではないか。（19・4・25）

カジノと依存症

横浜市の林文子市長が突然、カジノ誘致に名乗りを上げた。先週の市議会で質問攻めにあったのだが、その答弁がなかなか味わい深い。例えば「すべてのばくちが悪というのは違う」と話し、こう続けた。

「競馬をご覧になったらわかると思うが、ものすごい数の人が、馬に対する思いとか感謝を持っている」。ルーレットへの思いや感謝もあってしかるべき、ということだろうか。

ギャンブル依存症の人が増えるのでは、との質問も相次いだ。市長は、医学部のある横浜市立大学に「医療面を中心に大きな役割を果たしてもらう」と述べた。依存症になっても大学病院が治してくれますよ、ということだろうか。

誘致するのはカジノだけでなく、それを含んだ統合型リゾート（ＩＲ）である。市の資料にあるイメージ図には劇場や美術館、水族館まで並ぶ。だからＩＲイコールカジノではない、一流の娯楽施設ができるのだと市長は言う。

ならばカジノ抜きのリゾートをつくればいい。そんな質問も出たが、運営が成り立たないそうだ。カジノに依存したＩＲ。そのＩＲにより、市は年間最大１２００億円の増収効果を見込む。現在の市の税収の15％に相当する額だ。これでは横浜の財政が「カジノ依存症」になってしまう。

林市長は、子育てや医療など「安心安全な生活」を守るため決断したと言う。カジノあっての豊かな暮らし。あなたのまちがもしそうなったら、どうだろう。ＩＲ誘致には大阪、長崎、和歌山も手をあげている。（19・9・8）

元の鞘

落語にはひどい亭主がよく出てくるもので、「子別れ」の大工、熊五郎も酒と女遊びの度が過ぎた。それが理由で妻子と別れて3年、息子の金坊にばったり会うところから話が動き出す。

てっきり向こうは再婚したものと思い込んだ熊五郎、「今度のお父っつぁんは可愛がってくれるか」と尋ねる。しかし金坊は、「子どもの後に親ができるなんて、あるもんか」。別れた妻は一人で働き、息子を育てていた。

子はかすがいだと言いながら夫婦は元の鞘(さや)へと収まっていく、そんな人情話である。さて話は旧民進党の面々のことで、こちらも元の鞘へ収まりそうだ。国民民主党の過半数の議員が、立憲民主党に合流するという。少なくとも150人の党になるとの見方がある。

議員たちを結びつける「かすがい」はもちろん政策と言いたいところだが、まあ選挙だろう。そう言うとシラケる向きもあろうが、政権を選び、国の政策を変えるのが選挙である以上、悪いことではない。

思えば政権交代の可能性のないことが、この国の政治に緊張感を失わせてきた。さて問題は、旧民進党の面々がこの間、人々の声を拾い、政策を練る努力をしてきたかどうか。合流してできる党が実現可能な対案を示し、国のかじ取りを任せるに足るかどうか。

落語の熊五郎はもともと腕のいい大工で、まじめに仕事に励むようになった。1強に安住する自民党に負けない、腕のいいところを世に見せられるか。そうでなければ合流は、内輪の人情話に終わる。(20・8・19)

ケインズの例え話

経済学者のケインズは、株式市場をある種の「美人コンテスト」に例えた。そのルールは、参加者が自分の好みで投票するのではなく、誰が選ばれるかを当てるというものだ。自分の判断より、他のみんながどう判断するのかを考えることになる。

そうやってうまく勝ち馬に乗れた投資家が得をするのが、株の世界なのだろう。同じことは今回の自民党総裁選でも言えそうだ。菅義偉官房長官への派閥の支持が、雪崩のように集まった。もしも負ける側につくと、株で大損するように冷や飯を食うことになるから、みんな必死だ。逆に勝つ側にいれば、政府や党のポストなどの配当も期待できる。政策論争を待つことなく、素早い投資行動がなされた。

勝ちが見えたところで菅氏の記者会見が開かれた。ほとんどの課題で「安倍政権を継承し、前に進める」とだけ語っていた。何も変わらないから安心して下さいというメッセージは国民向けか、それとも議員向けか。

今の政権の続編だとここまであっけらかんと言う総裁候補も珍しい。とすればその体質も引き継ぐことになるか。忖度（そんたく）がはびこる強権。情報公開や記録をないがしろにする秘密主義。そんなやり方は反省し改めると、菅さんの口から聞きたかったのだが。

さてこの総裁選相場、うまいこと操った人たちがいるようだ。例えば二階俊博幹事長は早々と菅氏の支持を決め、勝ちやすいルールを選んだ。残念ながら相場操縦が罪になるのは兜町の世界であって、永田町ではない。（20・9・3）

初の所信表明演説

首相になって初の所信表明演説というのは力の入るものらしい。政治信条を明らかにするため、耳目を引くような言葉を用意する人が多い。小泉純一郎氏の場合は「米百俵の精神」。なけなしの財源を教育にあてた藩にたとえて、痛みにたえる改革の必要性を説いた。

第1次政権のときの安倍晋三氏は「美しい国」を掲げ、鳩山由紀夫氏は「友愛政治」を語った。言葉の上滑りも含め、個性が見えた。きのうの菅義偉首相も少し楽しみにしていたのだが、見事に何もなかった。

あえて言えば「国民のために働く内閣」の言葉だが、内閣は国民のために働くためにある。「うちは魚を売る魚屋だ」と訴えるようなものだ。手抜きなのかと思いきや、どうも「アピールはしない」というのが政治信条らしい。

菅氏は官房長官時代、ビジネス誌プレジデントで人生相談の回答者をしていた。読者の質問に答え「仕事において〝アピール力〟はあくまでも付随的なものだ、というのが私の考えです」と語っている。政治の世界も同じで、大事なのはアピールよりも結果だとの趣旨だった。

心配なのは、首相の頭の中で「アピールをしない」と「説明をしない」がごっちゃになっているのではないかということだ。日本学術会議の扱いはその最たるものである。問答無用の任命拒否から、いったいどんな結果を導こうとしているのか。

もちろん扇動政治家はごめんだ。しかし語らない、語りたくない指導者というのも民主国家としてどうなんだろう。（20・10・27）

コンコルドの誤り

１９７０年代、夢の旅客機として登場した超音速機コンコルド。その開発の経緯をめぐって「コンコルドの誤り」という言葉がある。英仏両国が共同開発に乗り出したが、採算の取れる見込みが薄いことが途中で判明する。

それでもすでに多額の投資をしたのだから後には引けないと、事業は止まらなかった。結局、商業的には失敗に終わったと飯田高著『法と社会科学をつなぐ』にある。返ってこない費用のことは忘れ、将来の損失を避けた方がいい。そんな教訓を超音速機は残した。

話を東京五輪に移すと、誘致の決定以来、競技場などに多額の費用が投じられてきた。何より選手生命をかけた努力がなされており、取りやめになれば報われないと悩む気持ちはよく分かる。しかしここは冷静に考えたい。

大阪府の吉村洋文知事が3度目の緊急事態宣言を政府に求めるという。変異ウイルスの拡大に対抗し、百貨店や飲食店、映画館などへの休業要請で人の動きを止める考えだ。大阪の現状は少し先の東京の姿だと専門家は指摘する。

住民へのワクチン接種、さらには急増する感染者の治療という仕事が重なり、医療従事者にのしかかっている。そのうえ五輪のために医療資源を割くという「三正面作戦」が現実的とはとても思えない。もしも五輪がさらなる感染拡大の契機になれば、命や暮らしの損失は計り知れない。開催の中止を検討すべきときではないか。

「東京五輪の誤り」。将来、そんな言葉が生まれないことを切に願う。(21・4・20)

東京五輪開幕

57年前の東京五輪の開会式と同じく、きのうは晴天だった。国立競技場の前には長い列ができていた。お目当ては、五つの輪をかたどったモニュメントでの記念撮影。しかし彼らと競技場とは、高いフェンスで隔てられていた。

人々と選手が分断された五輪を象徴するかのようなフェンスは、人の背丈の倍以上もある。開催地は確かに日本なのだが、直接触れることのできない五輪。地域住民と選手の交流も多くが取りやめになった。

いくつもの無理な前提がつくられ、崩れてきた。1年でコロナに打ち勝つはず。ワクチンの効果で観客を入れられるはず。バブル方式で分離ができるとの前提も怪しくなっている。

感染が収まらないなか、中止や再延期を求める声は多かったが、政府もIOCも顧みなかった。「アルマゲドン（最終戦争）に見舞われない限り、計画通り開かれる」とのIOC委員の言葉は、テレビ放映権料の軛（くびき）ゆえか。五輪の理念である「連帯」の言葉がむなしく響く。

平和を求め、差別を許さない。五輪をそんな社会運動のようにとらえるのが間違いなのかもしれない。あらわになったのが、巨大スポーツ興行としての顔である。東京五輪の最大の遺産になるのは、五輪へのまなざしの変化だろうか。

興行であっても、もちろんそこには興奮があり、感動がある。生身の人間が極限に挑む姿があるからだ。それでも同時に考え続けたい。東京という場を借りただけのようなこのイベントは、果たして必要だったのかと。（21・7・24）

菅首相の退陣

未開な社会においては「王殺し」の風習が広く見られる。英国の人類学者フレイザーの研究書『金枝篇』には、聖なる王あるいは祭司が、衰えを見せた段階で殺される例がいくつも出てくる。

王の自然死は、世に厄災をもたらすと考えられたためだ。ゆえに病に倒れる、あるいは死にそうに見える時には身内や後継者の手により殺される。時代も環境も違うものの、どこか「王殺し」を思わせるのが、この自民党の動乱である。

コロナ対策の不手際から、菅義偉内閣の支持率は低迷を続けていた。こんな落ち目のリーダーのもとで衆院選に突入すれば、自分たちの当選が危うい。そう考える議員らが総裁選を前に、新たな「選挙の顔」を求め始めた。

おひざ元の自民党神奈川県連からも「菅さんを頼むという運動をするつもりは一切ない」との発言が飛び出した。総裁選に勝つ見込みはなくなり、菅氏は出馬辞退に追い込まれた。忘れていけないのは、わずか1年前にこの党は圧倒的多数で菅氏を選んだことだ。ろくに政策論議もせずに。

「製造物責任」という言葉がある。菅政権を生み出した者として、維持補修そして改良の責任が議員一人ひとりにあるはずだ。しかし日本学術会議への人事介入にも、東京五輪の開催強行にも、表だってモノを言う人はいなかった。

やることはといえば、評判の悪くなった製造物を捨てること。一気に祭り上げて、一気に引きずり下ろす。不毛な儀式を繰り返しても、この国の政治の質は高まらない。(21・9・4)

テレビへの露出

テレビなどメディアに登場することを「露出」という。手元の辞書には「あらわに、むき出しになること」の意とあり、上品な言葉ではないが、業界用語として広がったのだろう。タレントの露出の多さを願い、少なさを憂えるのは芸能事務所の常である。

もちろん彼らは露出の少なさをテレビのせいにはしない。タレントの魅力を磨き、営業努力をするまでだ。しかしここにライバルである自民党の露出の多さを嘆き、テレビのせいにする人がいる。立憲民主党の安住淳国対委員長である。

テレビの情報番組や報道番組が「自民党一色になっている」と批判し「個別の番組についてチェックさせてもらう」と記者団に語ったという。放送倫理・番組向上機構(BPO)への申し立ても「考えていかなければならない」と述べた。

ＢＰＯは視聴者の苦情を受け付ける機関だが、国会議員で政党幹部の立場からの発言は脅しのような印象を与える。総裁選の報道に騒ぎすぎの面はあると思うが、それは野党の低迷を映し出す鏡でもある。鏡に向かって叫んでも仕方がない。

菅首相の退陣が決まって痛感するのは、野党こそ衆院選に向けて「菅頼み」だったのではないかということだ。菅氏の不手際や説明不足が野党の追い風になる時期は終わった。どんなスポーツでも敵失に頼って勝ち続けることはできない。

いま立憲民主党に求められるのは、テレビの前で悔しがることではない。政策を磨き、足を使って人々の声をすくい上げることだ。（21・9・17）

ワインと叫んで……

中国由来の「羊頭狗肉（ようとうくにく）」に近い言葉は世界にあって、英語では「ワインと叫んで酢を売る」というう。お酒だと思って飲んだら、びっくりだろう。ニカラグアには「うさぎの代わりに猫を与える」がある。こちらは猫好きから反論があるかもしれない。

羊だ、ワインだと叫ぶ姿がますます際だってきたのが岸田文雄首相である。「新しい資本主義」さらには「新自由主義からの脱却」とまで言うなら、俎上（そじょう）に載せてしかるべき課題があるはずなのに。この国会での立憲民主党の質問で浮かび上がった。

泉健太代表は「所得税の累進性の強化」を求めた。日本の所得税の最高税率は1980年代には70％だったのが、いまは45％である。高所得者にたくさんの税を負担してもらう累進性の強化は、格差を縮小する手立てになる。

西村智奈美幹事長が迫ったのは「労働者派遣法の見直し」である。かつて専門職に限られていた派遣社員は、90年代後半から多くの業務に拡大されていった。しかし岸田首相の答弁を聞く限り、いずれの問題も検討するつもりはないらしい。

首相肝いりの「新しい資本主義実現会議」というすごい名前の会議では取り上げられるのだろうか。経営者がずらりと並ぶ陣容を見ると、望み薄かもしれない。「新しい」「大改革」「転換」などと風呂敷を広げるのは政治の常套(じょうとう)手段だが、最後にどこに落ち着くのかよく見ておきたい。

最初から正直に、狗肉だ、酢だと叫びながら店を出してくれれば、腹も立たないものを。

（21・12・10）

4月1日に

政府は、看板としている「聞く力」の一層の向上をめざし、4月1日付で新たな役所「国民傾聴省」を発足させる。初仕事は、日本にある全てのスマートフォンに「傾聴ソフト」を組み込むことだ。通話やSNSのやりとりを役所が洗いざらい把握できる優れものだ。

「聞く力」をめぐってはもともと、誰からどの意見を聞くのかという疑問があった。いっそのこと全国民に聞き耳をたててはどうか。側近議員からのそんな提案に、首相が「いいね」と応じた。

国民傾聴省によると、人工知能（AI）が常時、会話や書き込みの内容を解析して、人々の意向を細かく探る。とくに気になった人たちには、24時間態勢で役人が徹底的にマークし、耳と目を向けるという。

「これでは独裁政権も真っ青の盗聴国家になります」と意見具申を試みた若手議員もいたが、閣僚からたしなめられたという。「しっ、そんな話を総理の耳に入れないように」。方針がぶれるのを心配したようだ。

もっとも政府関係者によると、技術的な難題も生じている。使っているAIの性能がいまいちで、膨大な音声と文字の情報を解析するのに遅れが見込まれる。首相に報告が届くまで数カ月かかることもありうるという。

遅滞なく「聞く力」を発揮するには、中国の先進的な監視システムを輸入する以外にない。一体そんなことができますか――。ある専門家が最近、首相を問い詰めたところ、黙って聞いているだけだったという。きょうはエープリルフール。（22・4・1）

国葬について

故安倍晋三元首相の国葬を9月に行う方向で政府が調整しているという。実現すれば戦後復興期に首相だった吉田茂以来となる。では吉田の前は誰かというと、皇族を除けば、太平洋戦争で戦死した連合艦隊司令長官山本五十六(いそろく)である。

山本の国葬を伝える1943年の朝日新聞をくってみると、嫌な気分になる言葉が並んでいる。「死してなほわれらと共にある太平洋の守護神」「葬列の沿道に湧いた嗚咽(おえつ)は、英魂の精忠にこたへ続く一念の表現」

戦意高揚を担った新聞の罪を改めて思う。戦後は憲法をはじめ世の中が大きく変わったが、それでも国葬には哀悼と称賛が一体化する危うさがあるのではないか。吉田の国葬前後の紙面を見ても、彼の政策の功罪を改めて論じているふうではない。

非業の死をとげた政治家を追悼したい。そう感じる人が多いのは自然だろう。そうであっても国葬という選択は問題があると思う。みなで悼むことが、みなでたたえることに半ば自動的につながってしまうと感じるからだ。

国葬は吉田以来行われていないというより、彼を最後に途絶えたというのが実情に近いように思う。疑問が高まれば、本来の追悼にも水を差す。これまで避けてきたのは、政治家たちの一種の知恵かもしれない。

野党から出ている国葬への批判に対し、自民党幹部は「野党の主張は国民の声や認識とずれているのではないか」と述べた。そう言って悪びれないところに、すでに国葬の孕（はら）む危うさがのぞいているような。（22・7・21）

点検と調査

点検と調査は似ているようでかなり違う。「エレベーターの点検」は日常的に見られる風景だが、「エレベーターの調査」となれば何か事故が発生したかと思うだろう。旧統一教会に関して自民党が手がけているのは、あくまで点検だそうだ。

記者会見した茂木敏充幹事長は、質問で「調査」の言葉が出ると「調査ではありません」とわざわざ訂正していた。問題を小さく見せようとしているのか。「議員それぞれが点検を」と言っておけば、その対象は生きている議員だけになる。

亡くなった安倍元首相については、教団の票を差配したという証言まで出ているのに、完全に素通りである。たとえて言えば、ガス漏れしているのに緩んだガス栓のことは脇に置き、「ガス臭くないですか」と聞いて回るようなものだ。

本気で調べ始めれば、安倍氏を支持してきた保守層を敵に回してしまう。そして何より、今月27日に予定する国葬への反対論がさらに高まると心配しているのだろう。国葬という形式にこだわったために、おかしなことになっている。

旧統一教会との関係を洗い出したからといって、安倍氏の足跡が無に帰すわけではなかろう。首相在任中、景気を良くしようと努めたことは評価したいと思う。一方で森友や加計の問題では、社会の倫理を蝕(むしば)むような振る舞いが目に余った。

故人を悼むというのは、功罪をあいまいにすることではなく、きちんと受け止めつつ、静かに見送ることだろう。どんな人の場合でも同じである。(22・9・2)

あるフォークグループの後悔

山形県長井市のアマチュアフォークグループ「影法師」が原発のことを歌い始めたのは、チェルノブイリの事故で浮かんだ疑問からだった。あの国では広大な土地が立ち入り禁止になった。これが日本なら逃げる所はあるのだろうか。

ベースの青木文雄さんはすぐ、こんな詞を書いた。〈汚染が日本中溢(あふ)れたら／いったいどこへ行くのだろう〉。地方にゴミを押しつける都会を批判する歌をつくったときにも、原発に触れた。〈原発みたいな／危ないものは／全てこっちに／押しつけといて……割り合わないね／東北というのは〉。

しばらくして仙台のテレビ局で歌う機会があった。本番前に、局の担当者が駆け寄ってきて言った。立地県のことを考えて、原発の部分だけ遠慮してもらえないでしょうか――。東日本大震災の10年ほど前のことだ。

「情けなかったのは、それを受け入れてしまったこっちの方なんです」と、バンジョーの遠藤孝太郎さんは言う。「福島の事故が起きて最初に思いました。歌っていながらこんな事態を招いてしまった。ちゃんとメッセージを届けられていたのかと」

後悔と自責。それは、歌うことで何かを変えられるかもしれないと信じる人たちには、自然なことだったのだろう。今度はきちんと歌いたいと、原発を正面から問う「花は咲けども」をつくった。時間の許す限り、福島へ全国へと出向き演奏している。

きょうは旧ソ連で起きたチェルノブイリ事故から30年、福島の事故から5年46日になる。

(16・4・26)

400年の責任、10万年の責任

約20万年前にアフリカ大陸で生まれた現生人類ホモ・サピエンス。そこから各地へ旅立つという人類史のドラマが始まったのは、約6万年前とみられている。やがて日本列島にも足を踏み入れた。

旧石器時代、新石器時代を経て稲が植えられる。はるか昔に思いをはせたのは、ほかでもない。

原発の廃炉に伴う放射性廃棄物の処理についての報道で、「10万年」の数字を見たからだ。放射能レベルが下がって人体に害がなくなるまでにはとてつもない時間がかかり、地中深く埋めて保管する。原子力規制委員会は、原子炉の制御棒など放射能レベルが高い廃棄物について、電力会社が300〜400年間管理し、そのあとは国が10万年面倒を見るという基本方針を決めた。

未来の子孫が過って埋設地に入ったり掘り出したりするのを防ぎ、地震や火山の影響も避けなければいけない。電力会社の責任範囲を決めるにあたって、「数万年も管理させるのは、現実的ではない」となった。

住友金属鉱山、養命酒製造、松坂屋……。戦国や江戸の世に創業し、400年以上続く企業は多くはないが存在すると、帝国データバンク編の『百年続く企業の条件』で知った。日本の電力各社も、これから400年企業になることを運命づけられたのか。

400年だろうと10万年だろうと、今を生きる世代が責任をとれるような話ではない。「超現実的」な現実に戦慄（せんりつ）する。ちなみに、日本で初めての商業用原子炉が営業運転を始めたのは50年前である。（16・9・2）

配偶者控除、小幅な見直しに

英国で17世紀末に「窓税」が導入された。家が大きく、ガラス窓がたくさんあるほど裕福だとして、七つ以上の窓があると税金が取られた。税を払えない人、払いたくない人は窓をれんがなどで塞いでしまった。

こうした「塞ぎ窓」や「潰し窓」が見られる古い家がいまも残存すると、三谷康之（みたにやすゆき）著『イギリス「窓」事典』にある。日当たりや通気が犠牲になった。税のあり方は人びとの行動を変える。ときにおかしな方へ。

現代日本のこちらの税制も暮らしに影響してきた。専業主婦などがいる世帯の所得税を軽くする「配偶者控除」である。妻の年収が103万円を超えると損になるため仕事を抑えてしまう弊害がある。そう考えた政府・与党は一時、廃止も検討した。

代わりに年収に左右されない「夫婦控除」の案が出たが、増税になる世帯の反発を恐れて引っ込めた。結局、103万円を150万円に引き上げるだけに終わりそうだ。家族のあり方が多様化するなか、一定の生活様式を優遇するような制度はもうやめたほうがいいのではないか。

政権は「女性の活躍」を掲げるが政治家が本腰を入れているように見えない。選挙で男女の候補者数をできるだけ均等にする法案を超党派グループが準備するが、思うように進まない。自民党の会合では議員から、「女性の社会進出で社会全体が豊かになっているとは思えない」との声まで出た。

時代を一歩前に進めるか、あるいは時代の足を引っ張るか。制度作りの重さと怖さである。

（16・12・4）

10年先への歌

米国の大学で、新学期になると学生にこんな問いかけをする経済学の教授がいた。「10年前には存在しなかったが、いまは身の回りにあるモノを思いつく限り言ってみて」。技術の進歩がいかに人間の暮らしを変えるのか、実感させるためだ。

10年前なら夢物語としか思えなかったものが、どんどん実用化しつつある昨今である。自動運転の乗用車の開発が進み、無人機ドローンによる宅配が検討される。会社の経営判断に人工知能が関わる日も近いかもしれない。ただ心配もある。

〈十年後存在しないかもしれない本と言葉と職種と我と〉。書店に勤める若き歌人、佐佐木定綱（さだつな）氏の作である。紙の本という存在、書店員という仕事はこの先どうなっていくのか。似たような不安は程度の差はあれ多くの仕事に当てはまるのではないか。

人工知能は職を奪うだけでなく、いずれ人間を支配すると恐れる学者がいる。遺伝子操作で親の望む赤ちゃんをつくるのは是か非かの議論も起きている。今年、来年、あるいは10年先、科学技術は人間をどこに連れていくのだろう。

「一本のナイフはパンを切るためにも喉(のど)を切るためにも使用できる」と、社会学者ジグムント・バウマン氏が対談書で述べている。社会を便利にしたＩＴ革命が、誰かから監視される仕組みを生むかもしれないという指摘である。あらゆる技術に通じる例えだろう。

技術に振り回されるのではなく使いこなすにはどうすればいいか。考え続けなければいけない問いである。（17・1・1）

1万円札の廃止という提案

日本なら1万円札、米国なら100ドル札。高額なお札から段階的に廃止し、最後は紙幣をなくすべし。そんな刺激的な提案が、米ハーバード大学教授ケネス・ロゴフ氏の新刊『現金の呪い』にある。現金を大幅に減らせば、犯罪や脱税がやりにくくなると訴える。

100ドル札で100万ドルを用意するなら何とか大きめの紙袋に入るが、10ドル札や硬貨となれば大変だ。裏金としては不便この上ない。カード決済ばかりになれば、現金払いで税金をごまかすのも難しくなる。

そんなキャッシュレス社会は可能なのか。スウェーデンではほぼ実現しているとの記事が、先日の経済面にあった。カード払いが隅々まで広がり、「現金お断り」を掲げるパン屋があるというから驚く。

現金を受け入れない銀行窓口も多く、「現金を使う権利」を求める運動まで起きているという。スウェーデンは欧州で最初に紙幣を発行した歴史を持つ。何事にも合理的なこの国らしい割り切りは、世界の未来図なのか。国内総生産に対する現金の割合は、1・7%まで低下した。その割合が2割近くあり、現金主義が強いのが日本である。それでも気がつけば、コンビニのお菓子一つに電子マネーを使っている。

無現金社会となったこの国を想像してみる。お年玉の習慣はどうなるのだろう。ご祝儀に新札をそろえる心づかいは。タンスの奥のへそくりも、存在を許されなくなるか。何だかさびしいと感じるのは、まだ紙のお金に心がとらわれているせいだろうか。(17・5・30)

きょう採用選考解禁

学生への面接など採用選考がきょう解禁され、就職活動が本格化する。というのが経団連のルールなのだが、実態はなし崩しに選考が進んでいるようだ。リクルートキャリアの調査では5月1日時点での大学生の就職内定率は35・1%に達する。前の年より10ポイントほど高い。学生を囲い込む「オワハラ(就活終われハラスメント)」が昨年は問題になったが、今年はどうか。働き方に配慮する企業が増えるなど、好ましい傾向も出ている。

売り手市場であっても学生一人ひとりには大変な重圧であることに変わりはない。就職状況が好転してきた2013年の調査結果をまとめた『どうして就職活動はつらいのか』に声がある。「内定をもらうにはこういう人間でなければならない、という空気感に対するストレス」に苦しみ、「自分を過大評価して企業に売り込まないといけないこと」に悩む。

著者の双木(なみき)あかりさんも同じころ就職活動をしていた一人だ。不安のありかについて「たとえるなら『一度きりの渡し舟に乗り遅れたらやばい』という計り知れない焦燥感・切迫感」と書いている。

新卒一括採用が根強い中の焦りであろう。就活が人生の大きな勝負であることは間違いない。ただ我が身を振り返れば、それは最大の勝負でも最後の勝負でもない。やり直しだって可能だ。何者でもない自分から何者かに変わろうとする時期である。1日が1年にも一瞬にも感じられるかもしれない。その経験が、未来の糧にならないはずがない。(17・6・1)

リカちゃんパパの半世紀

着せ替え人形のリカちゃんは来月で発売から50年を迎える。大きく変わったのが、パパの存在感であろう。フランス人のピエールは当初「行方不明」という設定だった。ママや妹と違って影が薄く、長いこと人形すらなかった。

それが最近は商品カタログで料理をしたり、子どもたちを風呂に入れたりと、なかなか家庭的である。1年間の育児休業も取ったらしい。さて、この半世紀、日本の父親たちはどこまで変わったか。あすは父の日。

家庭を顧みないスタイルは疎まれ、子育てに熱心な「イクメン」がもてはやされる昨今である。しかし、作家の川上未映子さんには引っかかる。「ちょっと手伝っただけで『イクメン』とかいわれてさあ……女の場合はなんて呼べばいいのですか。そんな言葉ないっちゅうねん」「育児をやってくれている」「手伝ってくれている」という言葉を女性が使ってしまうことにも疑問を投げかける。育児は対等であるべきなのにと子育て体験記『きみは赤ちゃん』で書いている。我が身を振り返っても耳の痛い話である。

総務省によると、6歳未満の子がいる世帯の夫が家事や家族のケアにあてる時間は、増える傾向にはある。それでも最新の2011年の調査では1日あたり1時間7分で、妻の7分の1にすぎない。前進しつつもあまりに遅いというべきか。

父親って何。どうあるべきなの。父の日に思いをめぐらすのはいかがだろう。お父さんもお母さんも、将来そうなるかもしれない人たちも。（17・6・17）

わたしに関する噂

主人公はごく普通の会社員。彼の日常が突然、日々のニュースになってしまう。「次は国内トピックス。森下ツトムさんは今日、会社のタイピスト美川明子さんをお茶に誘いましたが、ことわられてしまいました」と、NHKが流し始める。

かと思うと新聞の1面に「森下ツトム氏ウナギを食う！一年四カ月ぶりのぜいたく」と載る。「全調査！森下さん一週間の食生活」「森下さん今日、月給日」までもが報じられる。主人公は訳が分からず発狂しそうになる。

筒井康隆さんの往年の短編『おれに関する噂（うわさ）』である。荒唐無稽な話だと思われたか。しかし考えてみれば「わたしに関する噂」を自分でせっせと発信しているのが現代ではないか。どこへ行き誰と会い何を食べたと、SNSに写真を載せ書き込みをしている。

ちょっと怖いのは「わたしたちに関する噂」を大量に欲しがる人たちがいることだ。広告を効果的に届けたい企業だけではない。米大統領選ではトランプ陣営についたコンサルタント会社の不正が明るみに出た。フェイスブックから5千万人分の個人情報を入手、選挙運動に役立てたという。

ひとに消息を伝えるのが専ら手紙だった時代から、世の中は大きく変わった。便利に、迅速に。しかし、もしかしたら「誤配」の可能性は郵便より高まっているかもしれない。意図しない所に届き、意図しない形で読まれる。

警戒は怠れない。でも、どうやって。発信するのは易しいが、回収するのは難しい現代の噂である。(18・3・24)

死刑という制度

西欧先進国で最後まで死刑が残った国が、フランスだった。弁護士のバダンテール氏は「ムッシュー死刑廃止」と呼ばれるほどの運動を続けた。1981年に法相になって廃止を成し遂げたが、世論の十分な支持があったわけではなかった。

決め手は、廃止を公約したミッテラン大統領の「政治的勇気」に尽きると本紙グローブで語ったことがある。「民主主義国家であることと死刑制度は共存できない。人命尊重は人権思想の基本であり、民主主義は人権に立脚しているからです」

13人。その響きにたじろいでしまう。オウム真理教事件に関わる死刑執行が、2度にわたってなされた。世界の流れから離れ、制度が動き続けていることを改めて思う。

欧州連合などは昨日の声明で執行の停止を日本に呼びかけた。「死刑は残忍で冷酷であり、犯罪抑止効果がない」からという。死刑を廃止または事実上停止している国は142カ国。制度を維持するのは56の国・地域にまで減っている。

出羽守(でわのかみ)という言葉がある。「欧州では」と外国の例を持ち出す態度をからかうものだ。ただ死刑制度は、廃止した国にもっと目を向けるべきではないか。復讐(ふくしゅう)から脱却し更生に重きを置いていった歴史がある。国に人の命を奪う権利があるのか、との疑問が原点にある。

13人のうちの1人が残した言葉である。「毎週金曜の朝に『執行』と言われなければ、あす明後日は週末だからないんだ、とひと息つく生活です」。そうやって、死を待っていた。(18・7・27)

パワハラを悩む

先日の本紙4コマ漫画「地球防衛家のヒトビト」で、会社のおじさんが悩んでいた。パワハラにならない「バカ」の言い方はないものかと。バカー、バカもん、しまいには「パカならどーだ⁉」と口走る。数年前まで中間管理職だった私も、気持ちはよく分かる。

注意するときは仕事の内容に即して、人格を攻撃しないようにと心がけてきた。問題は怒鳴るときだ。バカッと言いたいのをこらえ、「君は何やってるんだっ」と口にしていた。これなら傷つけまい。

しかしハラスメント問題に詳しい弁護士の新村(にいむら)響子さんに聞くと「いや、そもそも怒鳴るのは極力やめた方がいいと思います」。声を荒らげれば相手は萎縮する。親心で「あえて叱ってやろう」と思ったとしても、部下や後輩はそうは受け止めないかもしれないと。

なるほど、自分が叱られる立場ならどうかと考えればいいんですね。しかしそれも「自分基準」に陥る危険があると言う。「自分なら奮い立つと思ってしまうかもしれない。むしろ相手をよく見ることが大事です。震えていないか、しゅんとしていないかと」

企業がパワハラの防止策に取り組むのを法律で義務づける。そんな方針を国が固めたという。

どんな行為がパワハラに当たるかの具体例も示す。ＮＧ行為に気を配るのと同時に必要なのは、相手の苦痛に気づこうとする構えなのだろう。

きょうは勤労感謝の日。私も含め、潜在的なパワハラ体質をどこかで発揮していないかと、振り返る日にもしたい。（18・11・23）

ポイントカードの損得

タイムマシンで過去に戻り、一つだけやり直せるとしたら、何をするか。漫才コンビかまいたちのネタをテレビで見て笑った。「学生時代に好きだった子に告白する」と一人は言うが、もう一人は「コンビニのポイントカードを作ります」。

よく行く店でカードを作りそびれ、長い年月がたってしまった。今さら作ると、それまでのポイントを損したような気がする。ああ、あのとき作ればよかったと買い物のたび後悔する。その気持ち、わかるわかる。

ポイントを逃したくなくてカードを財布から探す。それが積もり積もって、どう扱われているかという怖いニュースだった。「Ｔカード」の運営会社が、会員の個人情報を捜査機関に渡していた。裁判所の令状もなしに。

使える店が実に多岐にわたるカードである。その時どこにいたか。どんな店で何を買ったか。その人を丸裸にするような情報を、どうぞどうぞと警察に教えていたのか。会員が6700万人いるだけに、捜査する側には便利であろう。

今後はこっそり教えるのはやめ、捜査機関への情報提供がありうることを規約に盛り込むという。正々堂々、いっそカードの表にでも書いてはどうか。「あなたの情報は警察に筒抜けになることがあります」と。

思えば小さなお得と引き換えに、毎日多くの情報を献上している。犯罪とは無縁と思えど、誰に見られるか分からない状態はざわっとする。まして過去にさかのぼって調べることが可能なら、いやなタイムマシンである。(19・1・31)

「権藤、権藤……」

1961年に中日ドラゴンズに入団した権藤博さんを待っていたのは、連投につぐ連投だった。あまりの出番の多さに「権藤、権藤、雨、権藤」とまで言われた。雨天中止以外はずっと投げているように見えると。

権藤さんの著書によれば「このくらいでは絶対に潰れない」との思いがあったが、次第に勝てなくなった。野手に転向し、現役生活は短命に終わった。監督になってからは継投の多さで知られた。酷使された経験が生きているのかもしれない。

先日、高校野球での連投の見合わせが注目を浴びた。160キロ超を投げる大船渡高校の佐々木朗希（ろうき）投手が、岩手大会の決勝で登板しなかった。勝てば甲子園出場が決まる試合だったが「故障を未然に防ぐため」と国保（こくぼ）陽平監督が判断した。

大きなニュースになり、賛否両論が出ている。一生に一度の機会を残念がる声も、甲子園での活躍を見たかったという声もあろう。批判が予想されるなかでの決断には、どれほどの苦渋があったことか。ここは監督の判断を尊重したい。

この件で投げかけられた課題は、決して小さいものではない。試合の日程に余裕を持たせる動きが出ているが、まだきつすぎるところがあるのではないか。導入が検討される投球数制限は、どこまで効果的なものになるのか……。高校野球のイメージの変容も、迫られているのかもしれない。

夢を追いかけることと、途中で燃え尽きないこと。バランスが大切で、かつ難しいのは、どのスポーツも変わらない。（19・7・30）

事変おこりて……

1937年の夏、盧溝橋で日中が軍事衝突したとのニュースは、瞬く間に日本国内に広がった。日常風景の変化を切り取った短歌がある。〈事変おこりて客足たえし支那人床屋ニユウスの時をラヂオかけ居り〉日比野道男。

中国人の床屋はまちの人々になじんでいたことだろう。それなのに突然、誰も寄りつかなくなる。当時は事変と言われた日中戦争の始まった瞬間である。中国人と付き合うのをはばかるような空気が生まれたか。

「暴支膺懲」。そう言われてぴんと来る人は今、どれだけいるだろう。横暴な中国を懲らしめるとの意味で、政府が掲げた言葉だ。大義名分のはっきりしない戦争だからこそ、強いスローガンが必要だったのだろう。朝日新聞も追随し、煽り立てた。

当時の子どもたちの作文がある。「ぼくは、わるいしなのくにに生まれないでよかったと思いました。ぼくはしなのしょうかいせきや、そうびれいがにくらしくてたまりません」。蒋介石は当時の中国の指導者、宋美齢はその妻である。

首都南京が陥落したとラジオで聞いた時のことを書いた子もいる。「ぼくはいいきびといいました。おかあさんも、きびがいいなあといいました」（長谷川央著『教室の子供たち』）

あの国が悪い。だから懲らしめる。政府やメディアが敵対心をあおり、その敵対心が戦争の燃料になる。日中戦争、そして太平洋戦争で経験したことである。そんな振るまいは完全に過去のものになったと、胸を張って言えるだろうか。（19・8・15）

にもかかわらず

緊急事態宣言が続くなか「自粛警察」なる言葉を何度も聞いた。あそこは自粛していないとネットで攻撃し、通報する姿は醜悪である。しかしこうも言えないか。「警察国家」になるような、さらなる醜悪を見ることなく、私たちは危機をしのいでいる。

人々の権利を重んじる欧州ですら、強制や罰則を伴う措置を取った。パリのまちを警官が巡回し、外出者を取り締まる映像は衝撃だった。それでもフランスは2万人以上の犠牲者を出した。日本はゆるい規制にもかかわらず、感染をここまで抑えている。

一方で現状は、別の深刻な問題も映し出している。感染爆発に至っていないにもかかわらず、医療崩壊の瀬戸際まで行ってしまったことだ。

救急車で運ばれながら何十もの病院から断られる「たらい回し」が報じられた。マスクもガウンも足りないという医療現場からの声は、悲鳴のようだった。我が国の医療がこれほど脆弱だったとは。

日本の人口1千人あたりの医師数はドイツの半分で、主要7カ国でも最少だという。医療費を削るため、人材育成や設備が過度に抑えられてはこなかったか。医療体制のどこを強化し、どれだけお金をかけるべきか、これから真剣な議論がいる。

「のど元過ぎれば熱さを忘れる」に似た表現は他の国にもあり、英語は「危険が去れば神は忘れられる」、中国語は「かさぶたが取れれば痛みを忘れる」。いまだのど元にあり、かさぶたにもならない危機ではあるが、少し先のことも考え始めたい。（20・5・26）

言葉は世につれ

「全然大丈夫」という言葉を初めて耳にしたのは20年ほど前だったか。その衝撃を今も覚えている。え、全然は「全然知らない」など否定形につく言葉じゃないの。日本語の乱れここに極まり。でも肯定で使ってみると面白みも感じた。

すっかり定着した全然大丈夫だが、必ずしも誤用とは言えないらしい。言語学者加藤重広さんの『日本人も悩む日本語』によると「全然＋肯定」の用法は江戸時代から見られ、明治になっても珍しくなかった。

漱石の『坊っちゃん』にも「全然悪るいです」の台詞が出てくる。いつの間にか「全然＋否定」が主流になったようで、何が乱れなのか分からなくなる。そう考えると、この意識調査も興味深い。国語の乱れを感じる人がだんだん減っているという。

文化庁によると「今の国語は乱れている」と思う人は20年前は85％だったが、直近は66％である。言葉は変化し続けており、むしろ人々の受け入れ幅が広くなっているのだろう。

言葉は世につれ、である。「ブラック企業」は暴力団関連企業を指す隠語だったが、「若者を酷使する企業」として使われるようになり、問題企業を告発する運動につながった。一方で人種差別の観点から、ブラックを否定的に使うべきでないとの議論も出ている。

「全然＋肯定」に戻ると、今の使い方は配慮の意味もあるらしい。「私の料理、おいしくないでしょ」に対して「全然おいしい」と言えば、優しさがにじむ。言葉は、人と人とのつながりも映し出す。（20・9・29）

森会長の辞任

こんなクイズがある。父親と息子が交通事故にあい、二人とも大けがをした。救急車で別々の病院に運ばれ、息子のほうを担当した外科医は顔を見るやいなや叫んだ。「これは私の息子です！」。一体どういうことか。

外科医はその子の母親だったというのが答えである。クイズとして成り立つのは外科医と聞いて男性だと思い込む人が多いからだろう。そんな「無意識の偏見」について、連合が昨年、組合員ら5万人に調査した結果がある。

「『親が単身赴任中』というと父親を想像する」と答えた人が全体の66％にのぼり、「お茶出し、受付対応、事務職、保育士というと女性を思い浮かべる」は39％だった。偏見は社会の現実により形作られる面がある。そしてその偏見が社会の変化を遅らせてしまう。

その意味で森喜朗さんの色眼鏡は、かなりの濃さだった。言葉の裏にある心の声は「女は黙ってろ」としか聞こえなかった。東京五輪組織委員会の会長を辞するのにこれほど時間がかかったのは、本人も周囲も菅政権も事態の深刻さを分かっていなかった証拠だ。

ひどすぎる経緯のなかに救いを見るなら、日本の男社会が改めて問われたことだ。この国のあちこちで女性に「わきまえる」ことが求められてはいないか。濃淡はともかく、多くの人が色眼鏡をかけているのではないかと。

足を踏みつけている人はその痛みが分からない。筆者も含め男たちが我が身を振り返り、自分のなかにある偏見を見つめる。急ぐべき道である。（21・2・13）

＊森喜朗氏は日本オリンピック委員会の臨時評議会で「女性がたくさん入っている会議は時間がかかる」

と発言していた

人としての「権理」

ことの本質を何とか言い表したい。福沢諭吉の手がけた訳語にはそんな思いがにじむ。スピーチは、元からあった「演舌（えんぜつ）」の語を下敷きにしつつ「演説」にたどりついた。人を説得しようという意志を字面から感じる。

ライトは「権利」ではなく「権理」とし、『学問のすすめ』に「地頭と百姓とは、有り様を異にすれども、その権理を異にするにあらず」と書いた。ライトの背景にある理（ことわり）、即（すなわ）ち物事の正しい筋道を思うと、定着しなかったのが残念でもある。

人としての権理、もとい権利は、近代の憲法を貫く原理になった。日本国憲法は基本的人権を「侵すことのできない永久の権利」とする。その流れの中にある「法の下の平等」を定めた憲法14条がいま、婚姻のあり方を問うている。

同性どうしの結婚を認めない現行法は14条違反。先日示された札幌地裁の判断である。性的指向は人の意思では変えられない、ゆえに性別や人種と同じで、差別は許されないという判決の筋道にうなずく。「男女の夫婦がお互いを思う気持ちと何が違うのか」と当事者は訴える。

身分などに基づく特権を退け、人権に光をあてる。それが近代の大きな流れだが、特権と人権は今も緊張関係にある。異性間の婚姻は、同性を愛する人から見れば特権そのものであろう。世の中の移り変わりとともに人権概念は輝き方を変える。

福沢はライトの訳語を「権理通義」とも記した。世に通る正義という語感には、人権の絶対性が宿る。きょうは憲法記念日。（21・5・3）

署名という行為

反戦や労働問題を主題とした版画家、鈴木賢二に「署名」という作品がある。子どもをおんぶしたお母さんが署名用紙に向かい、眉間（みけん）に力のこもった表情で名前を書く。白と黒だけの骨太な木版画である。

先日、東京の町田市立国際版画美術館で目にしたとき、長いこと足がとまった。自分の名前を記して何かを求める。その行為の重みが伝わってくる。1960年の作で、聞けば労働者を守る運動に材を取ったらしい。

署名という行為が、これほど侮辱されたことがかつてあっただろうか。愛知県知事のリコールをめぐり、運動団体の事務局長らが逮捕された。アルバイトを使い、有権者の名前を大量に書き写させた署名偽造の疑いである。

「予定通り署名が集まらず、焦りがあった」と事務局長は語っていたという。署名に「予定」があるのもおかしな話だが、切羽詰まった彼にとって署名は、ペンを紙に走らせる筋肉の運動にしか映らなかったか。忘れてならないのは、現職の名古屋市長がリコール署名の後押しをしていた事実である。

戦後史に残る運動に、50年代の原水爆禁止の署名がある。3千万筆超を集め、原水禁世界大会が始まるきっかけになった。小さな声でもやがては大きくなり、「それがかならず、こだまとなってかえってくる」。当時の新聞に投稿された賛同の言葉だ。

小さな声が集まらなければ、作ってしまう。歴史に汚点を残す偽造事件は、この国の民主主義に起きている腐食を示しているのではあるまいか。(21・5・20)

樹木たちの「利他」

森の木々は私たちが考える以上に「利他」的なのかもしれない。ドイツで森林管理官を務めたペーター・ヴォールレーベンさんの著書『樹木たちの知られざる生活』に、古い切り株の話が出てくる。

400~500年前に切られたとみられるブナの株が、朽ち果てずに生きている。どうやら近くにある樹木が根を通じて糖分を譲っているらしい。弱っている仲間を助け、回復を期待するという森の姿がある。

「人間社会と同じく、協力することで生きやすくなる」からだと著者は書く。多くの木が死ねば森の木々がまばらになり、強風が吹き込みやすくなる。夏の日差しが直接入れば、土壌が乾燥してしまう。

コロナ禍で利他について考えることが増えた。慎重に行動するのは、他の誰かに感染させないため。苦境に立つ人たちへの寄付や支援の話も伝わってくる。しかし世界規模で見ると、先進国の利己が幅をきかせているようだ。

全ワクチンの75%超がわずか10カ国で接種されている。そんな数字をあげ、世界保健機関のテドロス事務局長が先月こう訴えた。「恥ずべき不平等が、世界的大流行を長引かせている」。地球のどこかで感染が爆発すれば変異株が生まれやすくなる。世界経済の回復も遅れる。どの国も影響は免れない。

主要7カ国が10億回分のワクチンを途上国に提供する方向になったのは、遅ればせながらの一歩だろう。利他なくしては利己すら危うい。感染症に見舞われるこの世界が、一つの大きな森に思えてくる。(21・6・13)

ある結婚

考えてみれば妙なことだが、同じひとりの女性なのにきのうからは小室「眞子さん」と呼ばれるようになった。「さま」を抜け出し「さん」にたどりつくまで、どれほどの苦労があっただろう。記者会見の言葉からもうかがえる。

小室圭さんの米国留学について「海外に拠点を作ってほしいと私がお願いした」と眞子さんが語っていた。留学して仕事を探し、二人の暮らす場所とする。衆人環視の日本にはこれ以上いられないという決意だろう。

ここに至るまでには「国民が祝福できる結婚かどうか」とも言われたが、それも妙な話だ。憲法を素直に読めば「婚姻は両性の合意のみに基づいて成立」するのだから。愛する人と人生をともにしたいという思いが二人にあれば十分なはずだ。

今回の件で、皇室にいることの不自由さにどうしても目が向く。職業選択の自由も、信教の自由もない。自分で住む場所を選ぶこともできない。男性の婚姻は皇室会議の議を経ることになっており、はっきりと自由が制限されている。

皇室に敬意を抱き、ながく続いてほしいと願う人は多いだろう。しかし、あれほど自由のないところにあなたは生を受けたいかと聞かれたら、どう答えるか。そんな自問自答から始めるしかないように思う。

これまでとは違った形の困難があると思うが、力をあわせて歩いていく、と眞子さんは言った。困難のない結婚生活などない。しかしこれからの困難はこれまでと違い、自分たちの力で立ち向かうことができる。（21・10・27）

日米開戦80年

真珠湾攻撃が報じられたその日、勝利を伝えるニュースから背を向けるように、作家の野口冨士男は映画館に向かった。私小説「その日私は」によると、もうアメリカ映画が見られなくなると心配したからだ。

映画の最中も、隣接したカフェからラジオの大音量が聞こえてきた。開戦のニュースそして軍艦マーチがスクリーンの音をかき消してしまう。俳優の顔を食い入るように見つめ「戦争の中から戦争とは違うものを懸命になってもとめていたのであった」。

上映されていたのは「スミス都へ行く」。アメリカ民主主義を鼓舞するような作品である。若き上院議員スミスが、汚職まみれの資本家や議員を向こうに回し、演説で腐敗を暴露する。

対米戦争が日本の民主主義の未熟さの果てに起きたことを考えれば、皮肉な取り合わせだ。政敵を攻撃するため軍部にすり寄った議員が私たちの国にはいた。政治家たちは文民統制を強める努力をすることもなく、翼賛政治に身を任せた。

当時の日本にスミスを探すなら衆院議員斎藤隆夫だろうか。2・26事件の後の「粛軍演説」で、軍人が政治に関わろうとすることの危険を説いた。日中戦争が長期化するなかの「反軍演説」では、国民に犠牲を要求するばかりの政府を追及し、戦争の収拾を求めた。

しかし斎藤は、軍部におもねる議員たちの手で衆院を除名されてしまう。その後の日本は日中戦争の泥沼から抜け出そうと、新たな戦争に手を伸ばすことになる。日米開戦からあすで80年。

(21・12・7)

最高裁と原発

福島の原発事故について最高裁が先月出した判決は、国に対してずいぶんと寛大だった。国が東京電力に十分な津波対策を取らせなかったことが問われ、複数の高裁で国の賠償責任を認める判決が出ていた。しかし最高裁は、それを覆した。

「端的に言えばあまりに大きな津波だったため……」と裁判長が理由を説明していた。当時の知見からすれば防潮堤の設置はできたかもしれないが、それでも事故は起きていただろう。だから規制当局である国の責任を問うことはできないという理屈だ。

役割を果たさなかった国に対し、驚くべき優しさである。未熟者ゆえに大目に見られたかのような印象すら受ける。認めがたい判決だが、百歩譲ってその理屈に従えば、はなから国には原発規制を担うだけの能力がなかったことになる。

原子力の問題は突き詰めて言えば、人類にそれを担う当事者能力があるのかということだ。放射性廃棄物は、10万年という気の遠くなる時間を使って隔離する必要がある。原子力事故が起きれば人は近づけず、制御困難になることを私たちは学んだ。

事故の後しばらくは国政選挙の主要な争点となった脱原発だが、10年余りたったこの参院選での注目度は決して高くない。足もとのエネルギー価格高騰を背景に、積極的に原発を使おうという主張も増えている。

もしも放射性廃棄物が口をきけるなら、人間たちの忘れっぽさを笑うのではないか。お前たちの物差しでは、俺たちをはかることはできないのだと。（22・7・7）

SMAPが背負う荷物

記者としての1998年の記憶は、夜中まで国会で走り回っていたことだ。不良債権で銀行が破綻（はたん）するかもしれない。不況をこれ以上悪化させないよう、政治家にどんな手が打てるかを追っていた。「夜空ノムコウ」がヒットした年である。

「貸し渋り」や「日本列島総不況」が新語・流行語大賞の上位に入り、自殺者が初めて3万人を超えた。そんな年に、夜空の向こうには明日が待っているとアイドルグループのSMAPは歌った。自分への励ましと感じた方も多かったろう。

〈ナンバーワンにならなくてもいい　もともと特別なオンリーワン〉。こう歌う「世界に一つだけの花」が世に出た頃はリストラや成果主義が企業社会を塗り潰そうとしていた。先が見えない時代と人びとにSMAPは寄り添った。被災地にも足を運び笑顔を分かち合った。

デビュー25年、これほど一人一人が活躍するグループは見当たらない。テレビで見られて当たり前の時代が長く続き、熱心なファンでなくても年内解散に寂しさを覚えるのではないか。

解散の決定までには、所属するジャニーズ事務所の不透明さや芸能界で働くことの不自由さが垣間見えた。最後の番組放映でも解散についての言葉はなかった。語りたくなかったのか、語れなかったのか。

ビートルズは解散の前年に、こんな曲を残した。〈きみはその重荷を背負っていくんだ。ずっと〉。ＳＭＡＰのそれぞれも同じかもしれない。荷物のなかに、いくつもの花の種があると思いたい。（16・12・28）

卒業の日に

大学の卒業式の帰りなのだろう。ここ数日、華やかな袴（はかま）姿を電車で目にする。高校も大学も式が堅苦しかったことしか覚えていないが、こんな柔らかな語りなら聞いてみたかった。米国の大学に何度も招かれた作家カート・ヴォネガットの卒業式講演集『これで駄目なら』を手にした。

偉大な勝利でなく、日々の暮らしにあるささやかで素晴らしい瞬間に、気付くことが大事だと彼は説く。木陰でレモネードを飲むとき。パンの焼ける匂いがするとき。魚釣り。漏れ聞こえる音楽に耳を澄ますとき。

小学校入学からこの日までに、暮らしを楽しいものにしてくれて、誇りを与えてくれた先生に出会ったことのある人はどれだけいるだろうか。そう尋ねて手を挙げさせたこともある。「今度は、その先生の名を、誰か、君の横にいる人に伝えよう。できたかね？　おめでとう。気をつけて家に帰りたまえ」

心の底から自分の先生だと思える1人。長いようで短い学校時代に会うことができれば幸せだろう。つらいときや迷ったとき、何を語っていたかを思い出す人に。

我が身を振り返ると、とある歴史学者がいた。「歴史上の出来事を理想化してはいけない」と教えてくれた。明治のころの民衆蜂起に心酔しそうになった若者への戒めだったのだろう。歴史に限らず人物でも社会運動でも、これこそ正義だと思いそうになったときに、かみしめている。

1人も出会わなかったって？　大丈夫。社会に出てから、いくらでもチャンスはある。

（17・3・27）

待つことの悦び

批評家の四方田犬彦（よもたいぬひこ）さんのエッセーに「待つことの悦び（よろこび）」がある。約束の場所に早めに着いて、彼女を待つ。地下鉄の改札から駆け上ってくる姿を、一枚の絵のように想像しながら。心は恍惚（こうこつ）感でいっぱいだ。

しかし彼女はなかなか来ない。心配はやがていら立ちに変わり、彼女の誠意が疑わしくなる。そして訪れる孤独と絶望。そのあとの彼女の到着は奇跡のようにも感じた。「遅れたことのたわいのない原因を説明する彼女は、なんと美しく、魅力に満ちていることか」

携帯電話もスマホもない時代の恋を知る方なら思い当たるだろうか。気持ちを揺さぶるような「待つ」が消えつつある現代である。いつでも通信機器でつながり、時差のない世界が生まれている。

待ちぼうけ。待ち遠しい。待ち焦がれる。待ちわびる。待つことを表現する日本語のいかに豊かなことか。去来する感情に言葉をあて、つらさを和らげたのだろう。

時間をかけて患者と向き合う精神科医ゆえか。春日武彦さんは、待つことの意味を強調する。「人事を尽くして天命を待つ」は決して消極的な態度ではない。それは自分の予想や想像を超えた物語を見せてくれるから「楽しく面白い」のだと書く。

20日、出発が遅れた飛行機で、乗り合わせていた歌手の松山千春さんが歌を披露したという。「いらだつでしょうが、みんな苦労していますから待ちましょう」と語りかけながら。思いがけなく訪れた物語は、待ちくたびれた人たちを和ませたことだろう。（17・8・23）

音読の味わい

明治期の列車のなかは、けっこうにぎやかだったのかもしれない。人々が音読をする声で。汽車に乗れば必ず二人か三人の少年が「雑誌を手にして、物識り貌に之を朗誦するを見る」。そんな記述が当時の教育雑誌にある。

列車だけでなく待合室でも。大人も子どもも。音読の光景は特異なことではなかったと、永嶺重敏著『雑誌と読者の近代』にある。読書とは字の読める人が周囲に読んで聞かせること。そんな習慣の名残だろうか。しかし音読はやがて黙読に主役の座を譲る。

最後にきちんと朗読したのは小学校時代。そんな方も多いかもしれない。しかし、ときには声に出してみるのも悪くない。少し前の本紙長野県版で、軽井沢朗読館の館長、青木裕子さんが「朗読と読書とは別のもの」と語っていた。

「人間の声を通して物語の世界が立体的に浮かび上がってくる。芝居が一つの空間をつくるのと同じで、朗読空間といってもいい」。読み手と聞き手でつくる空間は、静かに本に向かうのとは違った魅力がありそうだ。

声に出して読むことを勧めてきた明治大教授の斎藤孝さんは、音読はある種の「解凍作業」のようなものだと書く。とくに音読に慣れた世代の作家が書いた文章には、音読にふさわしい味わいがある。温め直して、おいしくいただくことができるという。

読書週間はきのう終わったが、本に親しめる夜長は続く。自分に聞かせるか、誰かに聞いてもらうか。恥ずかしがらずに試みたら、意外とくせになるかも。（17・11・10）

成人の日に

北海道大学の前身、札幌農学校の教頭クラーク博士が語った「ボーイズ・ビー・アンビシャス」は「青年よ、大志を抱け」と訳される。しかし「若者よ、野心を持て」でもいいはずだ。大志だと高尚で縁遠い感じだが、野心ならもっと身近にならないだろうか。

作家の林真理子さんは『野心のすすめ』で、大学時代、すべての就職試験に落ちた経験を書いている。ただ者でないのは、もらった40通以上の不採用通知の束をリボンで結び、宝物にしていたことだ。きっと将来成功して、この通知を懐かしく眺める日が来ると信じていたからだという。

「今のままじゃだめだ。もっと成功したい」という野心を、林さんは車の「前輪」に例えた。努力することが「後輪」である。前輪ばかり空回りするのは見苦しいが、回っていないよりも見込みがあると述べている。

林さんの野心は大きかったようだが、小さい野心もあっていいだろう。例えば仕事で、教養で、リーダーシップで、身近なあの人に追いつきたい、肩を並べたいという気持ち。がんばれば届きそうな憧れと言ってもいいし、身近な仮想敵と呼んでもいい。

車の前輪と後輪を動かすエンジンになるのは「面白い」「大好き」「人や世の中とつながりたい」といった感性や情熱だろうか。アンビシャスであることは決して若者の独占物ではないが、本領であるのはまちがいない。

きょうは成人の日。大きな野心も、小さな野心も、たぐりよせてみたい。若くても、そうでなくても。(18・1・8)

小平奈緒と李相花

スピードスケートの小平奈緒がレースを終え、リンクをゆっくりと回る。客席から大きな歓声があがる。小平は指を立てて口にあてた。「静かに。次のレースがあるから」と言うかのように。その瞬間の写真が韓国の新聞「朝鮮日報」の記事に添えられていた。

次に控えていた韓国の李相花(イサンファ)は、五輪での3連覇が期待されていた。小平のしぐさは李への気配りのように見えた、と記事にある。結果は小平が李にまさった。泣き崩れそうになった李を小平が抱擁したことも韓国メディアは手厚く伝えた。

国際大会で何度も戦うライバルは、やがて友人になった。李は語っている。「彼女が韓国の家に遊びにきたことがあった。私が日本へ行けば、いつも面倒を見てくれる。特別な友達だ」。2人で一緒に走ってきた、とも。

ライバルの語源はラテン語の「川」にあり「対岸に住み同じ川を利用する2人」を指した。水をめぐる争いがあるためという。しかし2人の選手を見ていると、同じ川の流れのなかで生きる人、と読み替えたくなる。

頂点での勝負について回るのが、美しい気持ちばかりとは思えない。敵愾心(てきがいしん)も嫉妬心もあろう。国際大会となれば、国対国の色も帯びる。だからこそ選手と選手のつながりに心が動く。先日は羽生結弦がスペインのライバルと抱き合う場面もあった。同じコーチのもとで練習した仲だという。

競い合い、励まし合い、尊敬し合える友達がいる。そうありたいと願うのは、もちろん競技の世界に限らない。(18・2・20)

*平昌冬季五輪のスピードスケート女子500メートルで小平が金メダル、李が銀メダルに

大学とタテカン

個人的な話で恐縮だが、大学時代、立て看板をひとりで作ったことがある。音楽サークルの仲間を募ると書いて、ギターを弾く男の絵を添えた。看板の前に椅子を置き、ずっと座っていた。サークルといっても本当は自分だけだった。

何日も待つと、話しかけてくる男がいた。「何人くらいいるんですか」「いや、いまは俺1人なんだけど……。誰の歌が好き?」。そんなふうに仲間が増えていった。タテカンのおかげで。

昔のことを思い出したのは、大学の立て看板が消えていくとの記事を目にしたからだ。大学当局の規制が強まり、情報伝達もネット上のSNSが主流になったという話だった。タテカン文化が残る京都大も規制の方針が出ていると知り、訪ねた。

催し物、勉強会、大学への抗議……。立て看板を出している人たちに連絡し聞いてみた。なぜタテカンを。SNSじゃだめですか。「SNSもやってるけど興味のある人しか見てくれない。タテカンだと普通に歩いてたら目に入る。存在するだけで発信してくれる」「周りの人すべてにメッセージを伝える手段って、意外と少ない気がする。タテカンは貴重です」

ネットで誰もが発信できる時代になった。垣根のない空間ができるかと思いきや、むしろ主張や好みによる分断が起きている気がする。板に大きな字を書くという単純さが懐かしくもなる。押しつけがましく暑苦しい。でも誰かに届けと願う。そんな手作りのメディアが追いやられるのは、いかにも惜しい。（18・2・21）

いいこと日記

日記をつける習慣がほとんどない。毎日のように書いたのは中学生時代だけだった。実家に帰ったときに開いてみて、恥ずかしくなった。級友たちに対する劣等感や、女の子への片思いのつらさばかりがつづられていた。

とても読んでいられなかったが、あの頃は書くことで救われていたのかもしれない。そんな「つらいこと日記」とは、180度違うやり方があることを最近知った。「いいこと日記」。精神科医の宮地尚子さんがエッセーで書いていた。

その日の良かったことを三つ、簡単にメモするだけという。悪かったことはあえて書かない。どれほど嫌なことがあったとしても。

そんな日記を続けて宮地さんが見えてきたのは「いいことはたくさん起きているのに、それらを当たり前のように受けとめて、じゅうぶん味わっていなかったなあということ」。なぜうまくいかないのかと不満を持ち、反省することに多くの時間とエネルギーを費やしていたことも分かったという。

宮地さんにならい、きょうあったことを思い出す。みかんの青い実がふくらんでいるのを見つけた。本屋で挿絵のきれいな本に出会った。エレベーターで小さな男の子が一生懸命、「開く」ボタンを押してくれた。もう三つになった。

春がスタートの季節とすれば、秋は再スタートのときか。学生であれば夏休み明けで、学校に行くのがしんどく思えるときがあるかもしれない。つらいことはある。でも見過ごしがちないいことも、たぶんたくさんある。(18・9・2)

大晦日に

一年でいちばん好きな日は、たぶん大晦日(おおみそか)だと思う。作家の津村記久子さんがエッセーにそう書いている。お正月はとても楽しい。けれども2日はもうただの休みだし、3日なんか明日から会社かと、げんなりする。

しかし大晦日は違う。「待つ」ことの楽しさが凝縮されているのだ。「たかが新しい年になるだけだ。三十数年も生きると、べつに新しい年になって何かが劇的に変わるということがないのも知っている。それでも、待つことそのものを味わうのだ」

家の掃除をし、お正月の買い物をし、年賀状を書く。そんなこんなをこなして迎える、何げないひととき。新年を待つだけの不思議な瞬間である。

人間には、二通りの時間の感じ方がある。一つは、未来に向かって直線に進んでいく時間。もう一つは、毎年毎年、循環する時間である。「直線」の感覚からすれば、新年は通過点にすぎない。しかし「循環」すると思うなら、年が明ければ自分も新しくなるような気がする。

さて新年を待ちながら、「来年あるかも」ということを一つか二つ、思い描いてみるのはどうだろう。「恋人が現れるかも」「孫ができるかも」「有名人にどこかで会うかも」……。目標ではなく、待っているとやって来るかもしれない良いことを。

除夜の鐘は「ごくろうさん」にも、「ほらもう寝なさい」にも聞こえると、津村さんは書いている。うきうき、そわそわとも違う。かといって厳粛というほどでもない時間である。どうか良いお年を。(18・12・31)

本の福袋

中身は買ってのお楽しみ。それが福袋かと思っていたが、近頃はどうも趣が違う。初売りのお店をのぞくと、衣類でも雑貨でも内容が表示されたものが目立つ。透明のビニール製の福袋もあった。わくわく感は減りつつあるか。

最近は図書館で、福袋を用意するところが増えているようだ。表紙が見えないように包装し、未知の本との出会いを誘う。始めて10年目となるのが兵庫県宝塚市の西図書館だ。子どもたちに向けて約130の包みを作り、新年最初の開館日に並べる。

昨年の暮れ、準備中のところへおじゃました。英字新聞を使った包みに本のヒントになる一文を添えていた。「ともだちっていいな」「おもいがけないおきゃくさま」「そんなばかな」「だれかを応援」。大人でも開けてみたくなる。

「背表紙だけ見ても、手が伸びないかもしれない。でも開いてもらえれば良さが分かるはず。そんな本がたくさんあるんです」。本の福袋を発案した司書の野村京子さんは言う。子どものうちに、いろんな世界を見てほしいのだと。

考えてみれば、子どもにとって本との出会いは、いつも福袋のようなものだ。たまたま家にあった本、学級文庫にあった本、友だちが貸してくれた本。何が出てくるか、どんな豊かさを与えてくれるのか、開いてみるまでは分からない。

偶然の出会いの面白さは、大人の読書も同じだろう。その場所は近所の図書館かもしれないし、旅先の書店かもしれない。今年はどんな本にめぐりあえるだろう。（19・1・3）

発達凸凹のうた

バイトをしていて注文を受けたことすら忘れてしまう。財布や鍵をなくしてしまう。yu—ka(ゆうか)さん(26)が、発達障害の一つである注意欠陥・多動性障害(ADHD)と診断されたのは大学3年のときだった。

悩んでいたことの原因がわかり、少しほっとした。しかし就職した会社でミスを重ねてしまう。精神的にきつくなり出社するのが難しくなった。最初から障害のことを話しておけばよかった。そんな思いを言葉にし、曲をつけた。

〈御社の大事な物必ず失(な)くす人材です……〉。本当のことを面接で言えなかった。〈あぁ嘘(うそ)つきだ嘘つきだ／今日も言えずに／面接室の扉パタンと響いてく〉。学生時代のバンドの経験をいかし歌い始めた。シンガー・ソングライターとして関西を中心に活動している。

もっと正直に。もっと弱さを見せていいのでは。そんな気持ちが歌からあふれてくる。〈見せたい弱さ見せたいな／見せたくないいないなぁ／見せようか本当の私を〉。ありのままの自分を受け入れてきた軌跡でもあろう。

「発達障害は甘えだ」。心ない言葉がときにネット上に現れる。批判の応酬になる例も目にする。

「曲なら、共感が広がるのでは。距離を埋めることができるはず」。yu－kaさんが歌を続ける理由である。

障害というよりも、発達に凸凹（でこぼこ）があると考えよう――。そんな声も広がっているという。だれでも得意なこと、苦手なことがある。凸と凹がうまくかみ合い、響き合う。そんな世の中になっていければ。（19・4・7）

吾妻ひでおさんを悼む

できることなら、失踪してしまいたい。このコラムの執筆に行き詰まり、そう思ったのは1度や2度ではない。あの異才の気持ちがわかるというのは、おこがましいか。ギャグ漫画家の吾妻ひでおさんは連載を放り出し、2度ほど失踪している。

その体験を漫画にしたのが『失踪日記』だ。林のなかでシートにくるまって眠り、ごみをあさって食べ物を探す暮らし。空き瓶にわずかに残る酒を集め、カクテルにして飲む。

文字にすると悲惨だが、漫画は楽しげですらある。「笑いは現実のつらさを一瞬でも忘れさせてくれるんで、自分にとっては唯一の救いみたいなもの」と本人が語っていた。アルコール依存症に苦しんだことも作品にした。

吾妻さんが先月、69歳の生涯を閉じた。1970年代、ギャグ漫画にSFや不条理、エロチシズムを持ち込んだ作風は、いま思うと実験的だった。筆者も含め、ほのぼのとしたギャグに飽きたらない少年の心をつかんだ。おたく文化の源流ともいわれる。

SFギャグ『パラレル狂室』を久しぶりに開き、先見性に驚いた。テレビが突然、思考力を持つ話がある。「いつもだれかに見られていたい。それがよろこびなんだ」としゃべりだし、見たいものを何でも見せようとする。その代わり部屋に閉じ込められた主人公は、発狂してしまう。

現代のネット社会に通じるような話を約40年前に描いている。空想には力がある。妄想には面白さがある。吾妻さんの作品たちが、そう語っている気がする。(19・11・4)

＊2019年10月13日死去、69歳

読書週間に

先日、小さな映画館の廊下でのこと。上映が始まるまで待つ人たちがいて、その5、6人すべてが本に目を落としていた。スマホではなく、紙の本に。何だか懐かしい光景だなと思いながら、しばし見とれた。

「本を読んでいる人を眺めるのが好きだ」。作家の小川洋子さんがエッセーに書いていた。自分が読むのと同じくらい好きで、喫茶店や駅で本を手にした人がいると、必ず視線を送るという。例えばカポーティの『冷血』を読む男子高校生を見つめて、思いをこう巡らす。「少年の面影を残しているけれど、本の選択はなかなかにハードだ」「彼は今、自分の中に潜む理由のない暴力と向き合っている……」（『犬のしっぽを撫(な)でながら』）

読む楽しさを知る人を見るだけで楽しくなる。本好きなら共感できるか。きのう東京・神保町の古本市を物色した。あの本いいな、と思っていたら隣の人がさっと買ってしまった。「やられた」と思う半面、「そうですよね」とほほえみたくもなる。

本をめぐる環境の厳しさは生半可ではない。書店の数はここ20年で半分近くまで減ったらしい。一方で品ぞろえや店構えを工夫し、頑張る店もある。選ぶ楽しさ、読む楽しさを守ろうとする動きがある。

古本市で批評家の浅田彰さんの著書を買った。これまで読んだ本のことを「頭の中のカード」に例えていた。思わぬときにヒョイと出てくるカード。迷った時、心をほぐしたい時に役に立つものは何枚あってもいい。9日まで読書週間。（19・11・5）

Uターンの季節に

混み合った新幹線に乗り、東京に戻った。車窓から雪景色が失われるあたりで、都会暮らしを始めた頃のことを思い出す。Uターンとは、かつての上京の体験を心でなぞることでもあると、帰省のたびに感じる。

胸を膨らませながらであったり何となくであったり。上京の時の思いは人それぞれであろう。自分の可能性を東京に託そうとしたのが宮沢賢治だったと、書評家岡崎武志さんの『上京する文學』で読んだ。定住こそしなかったが、長くはない生涯に9度、賢治は東京の地を踏んでいる。

東北本線での片道が、十数時間かかった時代である。その列車のイメージも『銀河鉄道の夜』に投影されているのではないかと、岡崎さんは書いている。銀河鉄道のモデルは岩手の小さなローカル線。そんな定説を踏まえたうえでの大胆な仮説である。

「長時間の鉄道旅において、読書したり、眠ったりした時間もあったろうが、賢治のことだから、さまざまな幻想にひたる時間もあったに違いない」。ふるさと花巻をイーハトーブという理想郷にしたいという思いも、行き交っただろうか。

上京と帰郷。それを賢治よりもたくさん繰り返すのが、現代の帰省者たちである。2時間や3

時間の旅であっても、いつもと違う思いに浸ることはできる。ふるさとに置いてきたものの大きさ。ふるさとでまったく違う人生がありえた可能性。感傷が過ぎるか。

きょうが最後のお休みという方も多いだろう。また始まる日常を少し違う目で見てみたい。

（20・1・5）

入学試験の文章

思想家の内田樹（たつる）さんは、自分の書いたものがどう引用されても文句を言わないのだという。なかでも入学試験や模擬試験で使われるのを歓迎している。受験生は眼光紙背に徹するように読み、作者の「言いたいこと」を熟慮せねばならないからだ。

「僕としては、そんなに真剣に自分の書いたものを読んでくれる読者は求めて得がたいと思う」と『街場のメディア論』で述べている。たしかに普段の読書とは段違いの集中力で臨むのが入試である。美しい文章、深みのある文章に出会った時の印象もそれだけ強くなる。

そんな経験はもちろん受験生でなくても味わえる。お手元におとといの朝刊があれば、センター試験の国語にある原民喜（たみき）の「翳（かげ）」をぜひお読みいただきたい。のんびりした日常が、日中戦争でじわじわと変わっていく様子がそこにある。

作者の家に出入りしていた魚屋の青年は人なつっこく、周りに愛されていた。そんな彼が軍服を着て満州に渡り死に至る病を得てしまう。「善良なだけに過重な仕事を押しつけられ」たのではないかと作者は思いを巡らせる。描かれたのは一人の青年だが、背後にある無数の青年の命について考えさせられる。

高校の国語でこれから心配なことがある。いまの「現代文」が実用的な文章を扱う「論理国語」と、文学や詩歌などの「文学国語」に分かれ、選択に委ねられる。心が揺さぶられる文学や評論に出会う機会が、減ってしまうことはないだろうか。杞憂(きゆう)であることを願っている。(20・1・21)

卒業と温室

季節の変化を示す七十二候を暦で眺めると、3月は「始(はじめて)」の文字が目立つ。「桃始笑(ももはじめてさく)」はすでに過ぎ、満開の桃の花に出合う今日このごろである。数日後に「桜始開(さくらはじめてひらく)」が控えるが、今年はもう咲き始めたという地域も多かろう。

いまは「雀始巣(すずめはじめてすくう)」で、子育てのために巣作りが始まる。雀よりやや早く、人の世は巣立ちの季節を迎えている。高校や大学などを卒業し、社会へ。フランス文学者の渡辺一夫は、大学で教える自分のことを「温室の監理人」と呼んだ。

学校生活は「まさに温室であり、学窓を離れる学生たちは、この温室で育った苗木のようなものかもしれません」と随筆に書いた。卒業にあたり、外の厳しい寒気にさらされる苗木を心配しながら励ます。そんな言葉が並んでいる。

「上役も大切ですが、同僚や後輩を、それ以上に大切になさい！」「たよれるのは自分一人だが、その自分が一番恐ろしい敵にもなる！」。あるいは「なんでもよいから無事に齢をとってください！」とも。

温室というと頼りなげだが、戦時色が大学に及んだ時代を知る渡辺の言葉だと思うと、味わいがある。戦争とは比べるべくもないが、コロナ禍も温室を傷つけた。「師の謦咳（けいがい）に接する」の謦咳は、せきばらいだけでなく笑ったり語ったりの意味もある。オンラインでも豊かな学びがあったと信じたい。

学生の日々は、好きなものを好きと素直に言える時間でもある。心に小さな温室を置き続ければ、寒気のなかでもきっと自分の支えになる。（21・3・22）

映画と要約

いつかは最後まで読みたい小説に、島崎藤村の『夜明け前』がある。明治維新の前後を描いた大作である。頭から読んで何度も挫折し、いっそ第2部から始めようとページをめくるが、牛の歩みだ。

このままでは一生無理かもしれないと、ダイジェスト版も手に取った。うーん、これでは読んだことにならないか。でも挫折で終わるよりはましか……。要約という近道。2時間ほどの映画にも、そんなものがあると知って驚いた。ファスト映画というらしい。

映画を10分程度に編集し、字幕などであらすじを紹介する。そんな動画が昨年春からネット上に広がっていると本紙デジタル版が伝えている。予告編と違って結末が分かってしまうから、本編へのいざないでなく広告収入が目当てだろう。著作権法違反にあたるとして投稿者が逮捕される例も出ている。

要約がビジネスになる。代表的な例が1920年代に創刊された米国の雑誌「リーダーズダイジェスト」だ。様々な雑誌から記事を抜粋し、要約する手法は大当たりした。米紙によると創業者は、多すぎる情報に人びとが圧倒されており、取捨選択が必要だと考えた。

最近のネット記事でも頭に要点を記すのがはやりのようだ。情報や論考であれば要約がなじむのはわかる。しかし芸術や娯楽は違うのではないか。ファスト映画に需要があるのは、もしや映画も情報の一つだと考える人が増えているからか。

『夜明け前』のダイジェスト本はやはり、遠ざけておくことにしたい。(21・6・28)

図書館をつくる

本というものは、いつのまにか本棚からあふれてしまう。たいていの場合は売るか、人にあげるか、床に放置するか。しかし土肥(どひ)潤也さん(26)は別の方法を考えた。図書館をつくったらどうだろう。

次に考えたのは、何人かに呼びかけて本棚のアパートのような図書館にしたら面白いということだ。そうやって静岡県焼津市の駅前商店街に「みんなの図書館さんかく」が生まれた。人々が参画するから「さんかく」である。

誰かの勉強部屋に迷い込んだような空間、というのがおじゃましたときの印象だった。棚の一つ一つはオーナーと呼ばれる会員のもので、旅の本の棚があり、ＳＦの棚がある。おでん屋だった空き店舗を改装して、昨年春に開いた。

「最初は古本屋も考えたんです。でもそれだと自分がいらない本を並べることになってしまう」と館長となった土肥さんは言う。諸経費を賄うためオーナーたちは月に2千円払い、お薦めの本を無料で貸す。特典は店番ができることだ。

いや本当の特典は本を介した交流であろう。読んだ人が感想を紙に書き、本にはさんで返す。貸し手と借り手が出会い、本をきっかけに会話が弾む。オーナーの一人鈴木幹人さん(46)は「ここにはコミュニケーションがある。公共の図書館だとまず静寂が求められるじゃないですか」と話す。

見学者も増えており、その人たちが各地で同様の図書館を開き始めているという。もし自分ならどんな本を置こうかと、考えるだけで楽しくなる場所なのだ。(21・11・27)

ロックの日

ひどく落ち込んだとき、あるいは疲れきったときにすることは、高校生のころから変わっていない。部屋のあかりを消し、暗闇で甲斐バンドの曲を聴くのだ。人生の悲しさ、恋のつらさを懸命に伝えようとする歌声とギターがある。

励まされる、というのとは違う。絶望のなかでもがくようなロックに、なぜか心が落ち着くのだ。自分を支えてくれる曲は人それぞれにあろう。数年前、あいみょんのヒット曲「君はロックを聴かない」を耳にしたときにもそう思った。

心を寄せる人がロックなんか聴かないことを知りながら、それでも好きな曲を聴いてもらおうとする「僕」。なぜなら〈僕はこんな歌であんな歌で／恋を乗り越えてきた〉からだ。片恋や失恋の思い出のつまったロックを聴かせるなんて、少し押しつけがましいかもしれない。しかしそんな迷いを上回るほどの力がその曲にはあり、自分という人間とつながっているのだろう。

きょうはロックの日。6月9日の語呂合わせだから、日本だけの記念日だ。今となっては想像しにくいが、日本語でロックを歌うことが当たり前でない時代もあった。ロックは本場の英語で歌うべきだとの意見がプロの世界にあったのだ。

いや、日本語でもロックはできる。そう主張する人たちとの間でちょっとした論争が起きたのが1970年代初頭である。そこから先はロックが土着化する歴史であろう。「ロックなんか聴かない」と思う人が聴く音楽にも、たぶんロックは染みこんでいる。(22・6・9)

本を手放す

仕事柄、本に埋もれるようにして原稿を書いている。しかし近く社内の引っ越しがあり、書棚が今より小さくなる。本を手放さなければならないが、できれば誰かにもらってほしい。ご自由にお持ち下さいと社内の廊下に並べている。なくなると「おっ、あの本は動いたか」とうれしくなる。一方で最後まで残る本は何だか寂しそうだ。古書店の店主というのはこんな心境だろうか。

ライターの橋本倫史(ともふみ)さんが書いた『東京の古本屋』に店主たちの様々な声がある。「歌舞伎の見得(みえ)切りじゃないけど、本が見得を切るんだよ」。自分を見てくれと本が訴えてくる。そう感じる店主は、今日はどれを手に取ってもらえるかと常に思い巡らしているのだろう。

本を触っているだけで楽しい、という店主もいる。畑に親しむ人が「土を触っているとすっきりする」と言うのと同じだと。自分の本を預けたくなるような店がある。

昨年の春に亡くなったジャーナリスト立花隆さんの本の話が、少し前の共同通信の記事にあった。膨大な蔵書で知られる人だが、その5万冊が本人の遺志により古書店に譲渡されたという。自分の名を冠した「文庫や記念館などの設立は絶対にしてほしくない」と周囲に語っていたそうだ。読みたい人の手に渡るのが一番と考えていたのだろう。

古書店で多くの本を買った立花さんには、自然な選択だったか。お金だけでなく、本も天下の回り物。誰かが読んでくれるありがたさを思いつつ、親しんだ本とお別れする。（22・8・30）

女性が変える台湾政治

おそらく無理だろうが、やってみる価値はあると考えた。日本の国会にあたる台湾立法院の委員に当選した余宛如さんは、生後6カ月の息子のベビーカーを押しながら初登院しようとした。入り口で制止されたが、大きな話題になった。今年2月のことだ。

「女性が仕事を成し遂げようとするのがどういうことかを知ってほしかった」と彼女は言う。批判も浴びたが、立法院に託児所を作り始めるきっかけになった。大きな企業だけでなく小さな企業にも託児所の設置を求める法改正も動きだし、成立した。

台湾の立法委員に女性が占める割合は上昇を続けており、いまは38%である。女性の議席を保証する仕組みが段階的に進んだのが呼び水になった。2005年からは比例代表の名簿の半数を女性にすることが義務づけられている。

女性委員たちは政治文化も変えたという。昼間の交渉とは別に、酒食をともにする裏交渉が台湾政界では盛んだったが、影を潜めるようになった。「もはや女性抜きの政治はない。男性も昔と同じやり方はできなくなった」と別の女性委員、蕭美琴さんは言う。

日本の植民地を経て国民党による戒厳令の時代が長く続いた。民主化はここ30年ほどの動きながら、女性の政治参加の歩みの速さには目を見張る。公営保育所の不足など日本と同じ課題を抱えながらも、前へ進もうとの勢いがある。

女性国会議員が衆院で9%、参院で21%の日本である。足踏みしている間に周りの風景は大きく変わっている。（16・12・19）

グローバル経済の隠し金庫

江戸時代には役人の目を盗んで開墾し、年貢を納めない田地が増えたという。「隠し田」とも「忍び田」とも呼ばれた。地域によっては、そんな田の米を年に一度腹いっぱい食べる風習があり、石川県輪島市では伝統行事として今でも続いている。

隠れて耕作したのは重税にあえぐ農民たちの知恵だろう。一方、こちらは市井の暮らしとはかけ離れた現代の隠し田である。大西洋の島などのタックスヘイブン（租税回避地）を舞台に、富豪や大企業が何をしているのか。それをあぶり出すような文書が明るみに出た。

カナダではトルドー首相の腹心が、租税回避地に巨額の資金を移しており、脱税の疑いが出ている。スポーツ大手のナイキは、ロゴの商標権があるペーパーカンパニーを使って税逃れをしていた。

お金の流れを隠す理由は、税に限らないようだ。米国のロス商務長官は、ロシアのプーチン大統領に近いガス会社との取引が発覚した。文書の総数は１３４０万件にのぼるというから、判明しているのは、まだ問題の一端か。

租税回避地を使う顧客たちを支えているのが、法律事務所であり、金融機関である。グローバル経済にはどうやら、金持ち専用の「隠し部屋」や「隠し金庫」がある。ルールから逃れられる人と、そうでない人の断絶である。

江戸から明治となり、富裕層に限って導入された所得税は「名誉税」と称されることもあった。税をコストとしか考えないような富豪や大企業にこそ、かみしめてほしい言葉だ。（17・11・8）

地獄の食堂、極楽の食堂

地獄にも食堂があり、ごちそうが並んでいる。ただし、箸がとんでもなく長い。一生懸命に食べようとしても、なかなか自分の口に入らない。たくさんの食べ物を前に、飢えるしかない。極楽の食堂の箸も同じように長いが、みな穏やかに食事を楽しんでいる。なぜか。お互いが向かいにいる人に食べさせてあげるからだ。このお話、自分のことだけ考えてはいけないとの教訓で知られる。国際貿易にもいくぶん当てはまらないか。

貿易はもちろん利他的行為ではない。ときに収奪となるのは帝国主義以来の事実だ。だからこそルールを整え、各国に利益になるようにする。そんな努力の積み重ねをご破算にするかのように、米国が一方的に関税引き上げを宣言した。

すべての国からの鉄鋼製品の輸入に25%、アルミ製品にも10%の税を課すという。国産品の保護が狙いで、トランプ大統領は「貿易戦争はいいことだ。簡単に勝てる」とツイートした。言葉の乱暴さに慣れっこになってはいけない。

原材料が上がっては困ると米国の自動車産業などは反発している。消費者は高い製品を買わされることになり、景気の足も引っ張る。そんな懸念は米政権内にもあるだろうが、経済ナショナリズムがまさった。

欧州連合は報復として、米国のハーレーダビッドソンのバイクやリーバイスのジーンズなどへ課税をにおわせ始めた。欧州車にも税をとトランプ氏は言う。地獄の例えに戻れば、長い箸を武器に突き合いが始まりそうな勢いである。(18・3・6)

壁と巨人と香港

漫画『進撃の巨人』を初めて読んだ時のざわっとした感じを覚えている。高い壁に守られ、かろうじて平和な暮らしを営む街がある。しかし壁の外へ一歩出れば、人間を食らう巨人がうようよいる荒野なのだ。

その壁もやがて破られ、人びとは襲い来る巨人たちとの戦いを決意する。これはまさしく香港のことだ。そう思った若者たちが多かったのだろう。2014年、中国にのみ込まれるのを危惧し、民主化を求めた「雨傘運動」のさなか、漫画が読まれ引き合いに出された。

催涙弾よけの雨傘をシンボルに、大通りを占拠した運動である。それから約5年、雨傘運動の再来といわれる大規模なデモが香港で起きている。いま人びとが怒っているのは、刑事事件の容疑者を中国本土に引き渡すことができる「逃亡犯条例」改正案だ。

運動家でも市民でも、中国当局ににらまれた者が別件で逮捕され、本土の裁判所に送られるのではと懸念されている。漫画になぞらえるなら巨人のいる荒野へと連れ去られるイメージか。

「一国二制度」のもと、香港には表現の自由があり、政治から独立した司法がある。そんな壁の一角が崩されようとしている。壁は、中国当局からすればたんなる障害物であろう。しかし本当は、中国の独裁体制のおかしさを映し出す鏡でもあるはずだ。

デモのうねりは政府を動かしつつある。香港の行政長官はきのう、条例改正案の審議を延期すると発表した。しかし人びとが求めているのは、あくまで撤回である。（19・6・16）

自由から不自由へ

抗議行動が続く香港を、先週訪れた。デモ行進の列にまざって、一緒に歩いた。警察との激しい衝突が報じられるが、あれは最前線の話。ほとんどの人は平和的に、大通りをゆっくりと歩いていく。

車道いっぱいに広がり、先頭も最後尾も見えない長い列は、マスク姿が目立つ。子どもを肩車したお父さんもいるし、著名な歌手の姿に歓声が上がることも。「香港人、がんばれ」「香港を取り戻せ」などの叫び声があちこちで響く。

抗議行動はもともと、容疑者を中国本土に引き渡すことができる条例改正案が焦点だった。その案が撤回されたのに、なぜデモに？　何人かに聞くと「警察の暴力に、怒りを覚えるから」の答えが返ってきた。

香港警察はこのところ、すぐに催涙弾を撃ち、デモ隊を容赦なく逮捕するようになった。その変貌に、中国共産党の意思を感じる人は多い。「香港が大陸に近づいているのが心配なんです。集会の自由が失われている。自由にしゃべれなくなる気がして」。若い女性が話していた。

十分な選挙権がない香港は、民主はないが自由はある社会だ。ネット上で政府を批判しても、中国本土のように削除されることはない。それどころか「次はどんな抗議をしようか」などの意見が交わされ、ときにネット上の投票で行動が決まるという。

香港政府はきのう、デモでのマスク着用を禁止した。警察からプライバシーを守る自由の剝奪である。自由から不自由へ。そんな逆コースの中に香港の人たちはいる。(19・10・6)

ホテルとデモ隊

きのうに続いて香港の話である。デモ行進の最前線に行き、警察とデモ隊が衝突するのを取材した。催涙弾の煙を浴びてしまい、目が痛くてたまらなくなった。ホテルに戻ってラウンジで休んでいたら、5~6人の若者がどやどやと入ってきた。

黒いマスクに、黒いシャツ。いかにもデモ隊という感じの彼らは、最前線から逃れてきたのだろう。ホテルの従業員と話し、奥の部屋で着替えをさせてもらったようだ。白い服などを身につけて出てくると、もうどこにでもいる大学生だ。

「外には警察がいる。まだここにいた方がいい」と従業員が声をかけていた。若者たちはラウンジでジュースを飲み、しばらくして散っていった。

ときに政府機関に石を投げ、警官に火炎瓶を放る。そんな若者の行動に眉をひそめる香港人が多いかというと、どうも違うようだ。ネット上には、デモ隊を逃がすために車の運転を申し出る書き込みが多い。帰れなくなったら泊めてあげる、との呼びかけも。

2047年。一国二制度の期限となる年のことを香港でよく耳にした。このまま中国にのまれてしまうのか。「若者たちは自分の未来のために闘っている。彼らには彼らのやり方で闘う権利がある」と60代の民主派議員が言っていた。

騒ぎで観光客が減り、ホテルやレストランには打撃だと聞く。安全な場所でなくなったとして外国企業が去るのでは、とも ささやかれる。それでも今の香港では、自由を奪われるという危機感の方がずっと強いようだ。(19・10・7)

エチオピアの軍事衝突

米国の大統領だったオバマ氏がノーベル平和賞に選ばれたとき、世界各地からの反応を紙面に載せるべく外電を探したことがある。褒めそやす言葉ばかりのなか、ポーランドのワレサ氏だけは違った。

自主管理労組「連帯」を率いた抵抗運動が評価され、かつて平和賞を受けたその人の言葉は「早すぎる。彼はまだ何もしていないじゃないか」。オバマ氏の受賞理由は「核なき世界」を目指す理念と取り組みだったが、結局尻すぼみとなり、ワレサ氏の危惧は的中した。

ノーベル各賞のなかで、平和賞はときに失望がついて回る。軟禁の身で賞に選ばれ、民主化の星だったアウンサンスーチー氏がミャンマーの政権に就いた後もそうだった。彼女の政権下で起きたロヒンギャ迫害は、まれに見る人道危機となった。

エチオピアでいま起きている事態も同じである。この国の政府と、北部の政党ティグレ人民解放戦線との間で軍事衝突が続いており、民間人も含めて数千人が犠牲になったと報じられる。政府を率いるのが、昨年の平和賞を受けたアビー首相である。

隣国エリトリアとの紛争を解決した功績が認められての受賞だった。その際の彼の演説はいまとなってはむなしさを感じるばかりだ。「戦争を美化しようとする人がいるが、戦争は関わる人全員にとって地獄の縮図だ」

アビー首相の強硬姿勢が、この地に地獄の縮図をもたらしているのではないか。平和を後押ししようとする賞が空回りする。そんな音が、聞こえるようだ。(20・12・2)

メルケル氏の退場

アンゲラ・メルケル首相にあやかり、赤ちゃんをアンゲラと名付けた。ドイツに逃れたシリア難民のそんな話が米紙ニューヨーク・タイムズにある。「メルケル氏が私たちに屋根を、子どもたちに未来を与えてくれた」という。

アンゲラ、アンジー、メルケル。ドイツに来てから生まれた5歳、6歳の女の子、ときには男の子にもそんな名前が付けられているという。難民の受け入れをメルケル氏が決断したのが2015年。命をつなぎ、育んだ人たちがいる。

職を得た人、大学などで学ぶ人も多いと記事にある。世界規模の問題に対し、各国はどう関与できるのか。考え続けてきたのがメルケル氏だったのではないか。総選挙が終わり、退場する日が近づいてきた。

思い出すのはトランプ前米大統領に詰め寄る写真だ。G7サミットでは「貿易の保護主義と闘う」との宣言を嫌がるトランプ氏に説得を試みていた。ときに揺らぎがちな欧州の結束も、何度となくつなぎとめた。

もちろん歴史は一直線には進まない。トランプ氏が大統領になるにあたり、ドイツの難民受け入れを宣伝に利用した面もある。テロの温床になると決めつけ、メルケル氏を非難した。国際協調の大切さだけでなく、その難しさを世界は学んだ。

ドイツの新しい首相が、前任者のように振る舞えるかは分からない。バイデン米大統領の国際協調路線はどこまで本物なのか。これからの日本の首相は。内向きになりがちな時代に政治家そして有権者が問われている。(21・9・29)

ソ連崩壊から30年

社会主義体制の抑圧が終わりを告げ、自由な世の中がやってくる。そんな希望が揺らぐ様子が伝わってくるのがドイツ映画「グッバイ、レーニン!」である。東ドイツの英雄だった宇宙飛行士が、タクシー運転手の仕事をしている。

客の驚く顔を見て、元宇宙飛行士は言う。「何を考えてるか分かってる。だが人違いだ」。その話はしてくれるなということだろう。映画では仕事を失った話が何度も出てくる。社会主義時代の紙幣があっけなく無効になる。

東ドイツには失望を味わった人たちがいた。しかしロシアの人々が突き落とされたのは深い絶望だった。ソ連はちょうど30年前のきょう崩壊した。ほどなく社会を襲ったのが汚職の蔓延(まんえん)であり、失業であり、年率1千%を上回るインフレだった。

その経験は、混乱からの回復に力を入れたプーチン体制が続く素地になった。しかしいま反体制派を投獄し、形だけの選挙を続ける姿は、かつての抑圧とどれほどの違いがあるのか。「自由主義は時代遅れだ」とまでプーチン氏は語っている。

自由経済と民主主義が勝利したと言われたのが遠い昔のようだ。証明されたのは、抑圧が終わっただけでは自由も民主も根付かないことだ。公正に経済を運営するための制度や人材がいる。しっかりした基盤を持つ複数の政党がいる。

土台がぐらついている所に丈夫な家は建たない。それはかろうじて今建っている家にも言えることだ。自由と民主の大切さともろさを、この30年が教えてくれる。(21・12・25)

「訓練じゃないんだ」

ウクライナで戦死したロシア兵がスマートフォンに残したというやりとりが、国連総会で紹介された。どうして返事をくれないの、本当に訓練中なの、という母親の問いに兵士が返信している。「ママ、訓練じゃないんだ。本当の戦争が起きている。怖いよ」

「ぼくたちは町中を爆撃している。民間人まで標的にしている。歓迎されると聞かされていたのに」。ウクライナの大使が読み上げたこの内容が本当なら、戦場の真実を最もよく伝えているのかもしれない。

自軍の犠牲について、ロシア政府が初めて公表した。498人が死亡し、1500人余りが負傷したという。実際はさらに多いとの見方もある。戸惑いながら戦って傷ついた人、倒れた人もいるのではないか。

一人の兵士の視点から戦争への疑問をつきつけるのが、シャンソンの名曲「脱走兵」だ。フランスの作家ボリス・ヴィアンの手によるもので、招集令状を受け取った男がこんな手紙を書く。〈大統領閣下／私は戦争はしたくありません／可哀相な人たちを殺すために／生まれてきたからではないからです〉。

脱走を決意し、大統領に求める。〈血を流さなければいけないのなら／あなたの血をどうぞ〉（村上香住子訳）。レコードが発売された1950年代は、アルジェリア戦争に多くのフランス人が招集された。殺す側になりたくないとの思いが人々に響いたのだろう。

大義のかけらもない侵略戦争を始めたあの大統領は、いつまで人殺しを命じつづけるのか。

（22・3・4）

桜のうた

考えすぎかもしれないが、戦後しばらく歌謡曲の世界では、桜の花を正面から取り上げるのが避けられたように見える。坂本冬美さんの「夜桜お七」や森山直太朗さんの「さくら」などが世に出てきたのは、終戦から半世紀ほどたってからだ。

理由はおそらく、桜の花を兵士に見立てた歴史があるからだ。軍歌「同期の桜」では〈咲いた花なら散るのは覚悟〉と歌われた。大貫恵美子著『ねじ曲げられた桜』によると、特攻隊の機体にも桜は描かれた。

初期の特攻隊には桜にちなんだ名前が目立つという。山桜隊、初桜隊、若桜隊、葉桜隊……。若者に勇ましさを強制し、命を差し出させる。それを美化する装置として、美しく散る花が使われた。

桜の季節だからというわけではないが、山東昭子参院議長の発言に強いひっかかりを覚えた。ウクライナ大統領の国会演説の後にこう述べたのだ。「貴国の人々が命をも顧みず、祖国のために戦っている姿を拝見して、その勇気に感動しております」

侵攻する側は、よその国に人殺しに来ている。自分の国を守る側も人殺しをせざるをえないところに追いやられている。いま他国の政治家たちがなすべきは勇ましさをたたえることではない。

戦争を終わらせるすべを探ることだ。

ロシアとウクライナの停戦交渉が3週間ぶりに対面で行われるという。何とか実を結んで欲しい。米国も欧州もそのために手を尽くして欲しい。最近よく聞く「戦況」という言葉の裏で、人間が死んでいるのだ。（22・3・29）

ある反戦歌

ベトナム戦争の頃の反戦歌に「ユニバーサル・ソルジャー」がある。題が暗示するのは、誰もが兵士になりうるという現実だ。〈彼はカトリックであり、仏教徒であり、ユダヤ教徒だ。彼は殺してはいけないと知っているが、私のためにあなたを殺し、あなたのために私を殺す〉。

彼は自国のため、民主主義のため、共産主義のため戦う。〈そしてこれが戦争を終わらせる方法だと思っている〉。名目は何であれ、起きているのは人が人を殺すことだ。ウクライナでの戦争が始まって2カ月が過ぎた。

キーウ近郊の破壊され尽くした映像から見えるのは、ロシア軍の非道さである。そしてウクライナ側は、米国などから渡された武器を使って対抗している。武器供与は今後も続くという。気がかりなのは、オースティン米国防長官による勇ましげな言葉だ。米国の目標について、

「ウクライナ侵攻のようなことができない程度に、ロシアが弱体化することを望む」と語ったという。自衛のための支援が、いつからロシアつぶしに変わったのか。

もし自分がウクライナの市民だったら。小さなまちの市長だったら。侵略が始まってからいつも考える。戦いたくない、誰も戦わせたくない。だからこそ、銃を取らざるをえなかった人たちの苦渋と葛藤を思う。戦争というものの恐ろしさを思う。

グテーレス国連事務総長がロシアとウクライナの首脳と直接対話に乗りだしている。小さくとも何か糸口がつかめないか。停戦を、停戦を、停戦を。(22・4・28)

反戦歌を

反戦歌を口ずさむことが増えた。ロシアによるウクライナ侵攻のニュースに日々接するうちに。米国のフォーク歌手ピート・シーガーの曲「腰まで泥まみれ」は、隊長に率いられ川を歩いて渡ろうとする部隊の話だ。

川は思ったよりも深く、体が泥水につかる。危険だから引き返そう、こんな重装備では溺れてしまうという声が出ても隊長は耳を貸さない。〈僕らは首まで泥まみれ　だが隊長は言った「進め！」〉(中川五郎訳)。ベトナム戦争の頃の歌だ。

隊長はプーチン大統領そのものである。浅い川のごとく簡単に渡れると思って戦争を始めたかもしれないが、長期化の一途を辿（たど）る。このままではいつ誰が軍隊に招集されてもおかしくない。国境には逃れる人たちの列ができた。

なぜ国内で抗議行動をしないのか。そんな問いにロシアのジャーナリストが米紙で答えていた。「実際は多くの人々が抗議し、拘束されている。独裁国家で暮らした経験のない人には想像もできない勇気のいる行為だ」。戦争反対のひとことが言えない社会がある。

ロシアでもウクライナでも、戦争が親しい人たちを引き裂いている。ピーター、ポール&マリーが「悲惨な戦争」で歌ったのは、恋人を軍隊に取られる女性の悲しみだ。ジョニー、あなたと一緒にいたい。私も戦場に連れて行って。髪を結んで、男の服を着るから――。

ラブソングであるがゆえに強い叫びとなる。人間として家族として恋人として友人として、戦争を憎む。停戦はまだか。（22・9・30）

〈有田哲文の打ち明け話〉わたしのコラム道

こうして始まった「さあ大変」の日々

いまから7年ほど前、経済部のデスクをしていたとき、論説委員の元締である論説主幹から「飯を食いにいこう」と言われた。てっきりこれは「論説委員になって、社説を書け」ということだろうと思い、いそいそとついていった。それなら二つ返事で引き受けようと考えていた。お酒の酔いが少し回ったところで言われたのは「天声人語を書いてくれないか」だった。

朝日新聞記者たるもの一度は書いてみたい欄である、などとよく言われるが、わたしの場合それまで1ミリも思い描いたことはなかった。酔いの心地よさはすぐに吹き飛んだ。その日はたしか金曜日だったので、「きょうはお答えできません。週末に考えさせてください」と言うのが精いっぱいだった。帰宅すると妻から「どうしたの。顔が白いわよ」と言われたくらいだから、顔面蒼白で家にたどりついたのだろう。

天声人語というのは、深い教養のある記者が書くものではないのか。とんでもなく文章のうまい記者でなければつとまらないのではないか。あれこれと自問自答しつつ週末を過ごした。そして出した結論は「仕事は断らない」というこれまでのサラリーマン記者としての方針を貫くことだった。

新聞記者というのは何とかして記事を1面に載せようと悪戦苦闘する生き物である。特ダネをとるか、持ち場でたまたま大きなニュースが起きるかなどしない限り、なかなか1面には書けない。そんな面に場所を確保し、書き続けることができるのは大きな魅力である。たしかに自分には一流の教養はない。しかし二流の教養ならあるのではないか。その二流ぶりを拡張していったら何とかならないだろうか。そんなふうに考え、論説主幹に「やらせていただきます」と伝えた。

しかし始めてみると、さあ大変である。何というか、まわりの酸素が薄くなったように思えるのだ。夜の9時すぎには輪転機が回り始めるので、どんなに遅くとも、午後4時にはパソコンの前で手を動かし始めないと間に合わない。しかし、どうにも書けない日ばかりなのだ。「失敗した。こんな仕事、引き受けるんじゃなかった」。始めたばかりのころは毎日のように思った。週に一度は「このまま失踪してしまいたい」という考えが頭をよぎった。しかし少なくとも1年間は続けなければ、あまりに恥ずかしいではないか。薄い空気を吸いながら書いた。

「表番」と「裏番」

同じく担当する山中記者との話し合いで、執筆は週替わりとなった。執筆する週を「表番」と呼び、執筆しない週を「裏番」と呼んでいた。表番は土曜日から始まり、7日間連続で書くことになる。担当が2人というと日替わりで書いているものと思う人が多いようだが、とんでもない。そんなことをすれば翌日のことが気になって365日のうち1日も休めないだろう。ストック原稿をたくさん用意しているのだろうとも言われるが、全然違う。その日その日に全力投球をして、一日が終わるのだ。表番の初日には「7回も書くことがあるだろうか」と心配し、最終日の執筆を終えると、「今週も奇跡の7日間だった」と思う。それは最後まで変わらなかった。

表番の日々が具体的にどう流れていくのかというと、わたしの場合、書き上げたその夜から、翌日に向けて頭を悩ますことになる。家に帰って遅い夕食をとりながら、さあ明日は何を書くかと考え始める。手がかりは、テレビのニュースや夕刊など。こんなふうに書けないだろうかと、食卓で、あるいは風呂のなかで思案する。その夜のうちに思いつけば、比較的安らかな眠りにつけるのだが、なかなかそうはいかない。

翌日も早朝から新聞を読みながら、うんうんと考えることになる。たとえば一つ興味深いニュースがあるとする。政治家の失言であったり、企業の新サービスであったり、国際紛争であったり。そのテーマをどうすればコラムに仕上げることができるのか。

まずは、この問題の本質はなにか、と考えることにしていた。そして本質を言い当てるうまい道具立てはないかと思い巡らす。たとえば、自民党総裁選挙で、菅義偉氏になだれを打つように支持が集まったことがある。まだ菅氏がどんな政策を掲げるのか、何も語らないにもかかわらずだ。吟味せずに支持を表明する。これは何かに似ていないか。そうだ、経済学者ケインズのいうところの「美人コンテスト」ではないか。株式市場を説明するのにケインズが使った比喩で、投票者が美人だと思う人を選ぶのではなく、みなが美人だと思うであろう人を選ぶ、そんなコンテストである。総裁選を株式市場だと考えれば、目をつぶるようにして勝ち馬に乗る議員たちの姿に重なるのではないか。そんなアイデアが浮かんだのはたしか当日の午後2時ごろだった。綱渡りもいいところである。

大勢の人に助けられている603文字

初稿は早くて午後4時、おそければ6時ごろに書き上げる。天声人語は35行で6段落、文字数にして603文字。初稿は1～2割ほど多めに書くのが常である。最初はぜい肉がつきもので、文字数きっちりであれば、だいたいの場合は内容が足りない。

実は天声人語は一人で完成させているのではない。「天声人語補佐」という役回りの若い記者がいて、初稿を彼あるいは彼女に見てもらい、原稿の不備や分かりにくい点などを指摘してもらうのだ。この「最初の読者」たる補佐の役割が重要で、文学や漫画の世界なら編集者のようなものだろう。アイデアを出してもらうこともあり、それも編集者と同じである。急に必要になった資料を探すため、外へと走ってもらうこともある。

文字数きっちりに直した原稿は、同僚の論説委員や、社内の関係部署に見てもらう。政権のことを書いたのなら政治部、宇宙のことなら科学医療部（現・科学みらい部）などである。専門に取材している記者の目がこれまた重要で、誤りを指摘してもらい、何度救われたことか。そして何より綿密に確認してくれるのが校閲の記者で、鋭い指摘にプロ根性をたびたび感じた。もちろん、各部や校閲から指摘が来ても、頑として書き直さないこともある。見解の相違というのはありうるのだ。

いちばん困ったのは、時間をかけての推敲ができなかったことだ。過去に署名コラムを担当していたときには、書いてから一晩ないし二晩おいて見直すことができた。まっさらな気持ちで問題点を見つけられる。その日のうちにすべて終えなければいけない天声人語では不可能だ。最初は書き上げてからやたらと難しい論文を読んだり、逆に週刊誌の軽めの記事に目を通したりして、気分を変えてから原稿を見直していた。しかしそんな時間もないことが多い。

そこで編み出したのが他人の書いたコラムを読んでから、自分の原稿を読み直すことだ。誰か別の人が書いたような気がして、客観的に自分の文章を見ることができる気がする。疋田桂一郎、深代惇郎など天声人語の先達の書いたものを読むこともあったが、いちばんのお気に入りはかつて産経新聞で「産経抄」を担当していた石井英夫さんの文章だ。軽妙さには学ぶところが多かった。

そんなふうにして7日間書き続け、表番の週が終わる。最終日は少し深酒をして、好きな音楽、多くの場合はフォークソングのCDを聴く。その夜の解放感だけがささやかな、しかし大きなご褒美なのだ。

本という大海へ分け入る

それでは裏番の1週間はどう過ごすのか。わたしの場合、まず3日間は完全に休む。平均すると週休1・5日くらいになる。残るは4日間、それをどう使うか。もちろん取材にも行くのだが、多くの時間をあてたのは乱読である。

この欄の性格は、基本的には時事コラムである。次から次へと押し寄せるニュースを受け止め、考察するには幅広い知識が必要だが、自分にはそれが足りない。天声人語の筆者にふさわしい、とまでは言わなくとも、せめて立派な大人としての教養を身につけようと考えた。これまで経済記者として経済や政治の本はそれなりに読んできたつもりではあるが、自分の苦手なところ、たとえば科学、たとえば文学、たとえば美術などの書にもあたった。

乱読しているつもりでも関心分野はどうしても偏ってしまう。手がかりになったのは、新聞各紙の書評欄である。二つ以上の書評に取り上げられた本なら、それほど興味がなくとも手に取ってみることにした。各出版社の文庫の新刊にも目を光らせた。世にあまた出る本のうちでも、一定の評価を得たものが文庫として再登場するからだ。

読むべき本は膨大である。しかし時間は限られている。最初のほうだけ読んで、次の本に手を出す、そんなやり方をせざるをえなかった。自分では「50ページ読書」と名付けて正当化していた。多くの著者は最初の部分にとりわけ力を込めるはずだと信じながら。それは過去に自分で2冊、売れない本を書いた経験にも基づいている。

まともな読書家からすれば許しがたいやり方かもしれないが、少なくとも数多くの書物について、それがどんな趣なのかを頭に入れることができた。新聞記者は、誰に取材すればいいかを知っているのが大事だとよく言われる。同じように、あのテーマで書くときには、どの本を手にとればいいのか。そんなことが少しずつ分かるようになった。

もちろん50ページを過ぎて、腰を落ち着けて読む本もある。多くは、その分野の読書を広げていくときに基盤となるような本である。文学でいえば加藤周一著『日本文学史序説』、近現代史でいえば鶴見俊輔ら編著の『日本の百年』などは頼りになった。レナード・ムロディナウ著『この世界を知るための人類と科学の400万年史』も、科学にたいする苦手意識をいくぶんか和らげてくれた。

乱読して思ったのは、インターネットから得られる情報がいかに少ないか、ということだ。ネットの世界が湖なら、本の世界は大海といっていい。しかもその海には図書館という仕組みがあり、無料で分け入ることができるのだ。いくつもの図書館のカードをつくり、ヘビーユーザーになった。インターネットには何でもあると思うなかれと、いろんな人に説いてまわるようになった。よけいなお世話ではあるが。

以上のような話は、深い教養のある人が天声人語を書いていると思われている読者には興ざめかもしれない。以前、島崎藤村の『夜明け前』を読もうとして何度も挫折している、と書いたときには読者から多くのおしかりをいただいた。そんな教養のない奴が書いているのか、と立腹されたのであろう。しかしそれが現実である。うそは書けない。

付け加えれば、乱読という行為は書物に限らない。通りかかったところに博物館や資料館があれば、短い時間であってものぞいてみる。街角や駅の貼り紙、広告にも目配りをする。ＮＨＫのテレビやラジオの教養番組なども知識を広げるかっこうの教材である。寄席にもときおり足を運ぶようになった。

手づくりの「言葉の部品」を

文章をどう書けばいいのかということも、天声人語の日々のなかでずいぶん学んだように思う。数をこなすことの大切さである。

新聞記者を10年以上続けている人は誰でもそうだと思うが、言葉の部品箱のようなものを持っている。「○○の瞬間だった」とか「風景が一変した」とか、部品は人それぞれであろうが、使いやすい言葉をいくつも持っておき、迅速に文章を組み立てるのだ。さまざまな機械に合うネジやボルトのようなものである。それがなければ、大ニュースの際に一気に長い原稿を書かねばならないような事態に対処できない。しかし天声人語を始めて分かったのは、こうしたできあいの部品は使えないということだ。文章が陳腐になってしまうのだ。

言葉という部品をそのつど手作りしなければならない。いまの自分の感動を、憤りを表現するのに、もっとも適した言葉は何か。小刀をつかって部品を削り出すような職人仕事が必要だった。あとで読み返し、この部品は違っていたな、と思うことはたくさんあり、次回はもっといい部品をつくろうと心がける。

もちろん自分で手作りしているつもりの部品も、おそらく過去に読んだもののなかから呼び起こしているのだろう。その意味でも、幅広い読書はこやしになったように思う。

せめて独自の視点を盛り込めないか

よいコラムとは何か。米国のコラムニストの言葉だったと思うが、こんな定義がある。そんなこと知らなかったという話が一つあり、そんなふうに考えたことなかったという視点が一つある、というものだ。両方は無理でもどちらか一つは何とかしたいものだと思いながら書いていた。とくに後者の独自の視点は、ぜひ盛り込みたいところだ。

新聞には社説もあれば、署名の解説もある。それらと少しでも違うことが書ければ。何らかのオリジナリティーを出せれば。かといって誰からも同意されないようなとんちんかんなことを書いても仕方がない。難しいところである。

先に自民党総裁選挙についてのコラムを例に書いたように、まずは取り上げようとする出来事の本質は何かというのを、うなりながら考えた。多くの場合、それほど画期的なことが見いだせるわけではない。それでも、ひと味違った見方ができることもある。

次に考えるのは、ではその見方をどうすれば読者に面白がってもらえるかということだ。本質をえぐるようなメタファー（比喩）を探すのが、やり方の一つである。自民党総裁選挙では「ケインズの美人コンテスト」を引き合いに出した。何があっても突き進まざるを得なくなった東京五輪では「コンコルドの誤り」を比喩に用いた。これまでコストをかけて開発したがために、中止できなくなった超音速機の話である。中身がよくわからない「新しい資本主義」なる看板を掲げて総選挙にのぞんだ岸田文雄首相には、落語を用いた。蒲焼きの匂いだけで代金を取ろうとする鰻屋の話である。それぞれの比喩が成功したかはわからない。ときには大きくすべってもかまわない、そんな気持ちで書いた。

広告業界でよく読まれている古い本に『アイデアのつくり方』（ジェームス・W・ヤング著、今井茂雄訳）がある。最近手に取り、意を強くした。「アイデアとは既存の要素の新しい組み合わせ以外の何ものでもない」と言い切っている。これはコンコルドでは、これは落語の鰻屋では、と思い巡らすのと同じようなことを広告業界の人たちもしている。

あるときNHKのラジオで、作家の町田康さんが「私の文学史」というのを何回かに分けて語っていた。おもしろい随筆を書く秘密を教えようと、語り出す回があった。それは「ほんまに自分が思うことを書くこと」だというのだ。人間が思っていることは意外におもしろいのだと説いていた。

この言葉も途中から心の支えになった。自分が怒っていること、迷っていること、心を動かされたことをどう書くか。もちろん、ときには朝日新聞の論調とは違う思いや意見を述べることにもなる。

町田康さんのような姿勢は、天声人語をまかされなければ、それほど突き詰めて考えなかったことだろう。新聞記事は客観をむねとする。Aさんがこう言った、Bさんがこう言ったと書いていても記事はできる。しかし本当はあらゆる記事が、「ほんまに自分が思っていること」から出発すべきなのだろう。もちろん独善に陥らないような慎重さと技術が必要ではあるのだが。

フォークソングの歌詞が読者の心に響けば……

天声人語に書いた内容は、これまでの他の記事とは桁違いの反響をいただいた。意外な人の気持ちに届いたときには、とりわけうれしかった。

スピードスケートの小平奈緒選手と李相花（イサンファ）選手がライバルであり友人である姿を書いたときには、入院中の方から手紙をいただいた。同じ病室にいる人と、二人の選手のような関係でありたいという趣旨だった。大学の卒業式シーズンに、心の底から自分の先生だと思える人に出会えれば幸せだと書いたときには、小学生から反応があった。手紙には、自分はまだそういう人に出会っていない、と心配そうに書いてあった。大丈夫、まだまだたくさん機会がある。そう書いて返事を送った。

強いおしかりの手紙や電話も多く、何もそこまで言わなくてもと思うこともあった。ＳＮＳで炎上のようになったこともある。そんなときには落ち込んで、駄文ばかりを世に出しているのではないかと自己嫌悪に陥った。

やっぱりリアルな反応がほしい。そう思って同僚二人に頼んだのは、１週間の７本のうちに最もよかったものと、最もだめなものを１本ずつあげてほしい、ということだった。ベストとワーストなら選びやすいのではないか。絶対に１本はベストになる仕掛けなので、書いているこちらも傷つかずにすむ。そんな同僚たちの採点がどんなに励みに、刺激になったことか。長く続けてくれたお二人には感謝しかない。

妻も毎日読んで感想を伝えてくれた。1年目のあるとき、あなたの文章は読みにくい、声に出してみたほうがいいと言われた。以来、音読しながら書くことが習いになった。文章にはリズムが必要だということを初めて知った。近くの席にいる同僚には迷惑だったかもしれないが。

天声人語とはどういう欄なのか、書きながらいつも考えていた。事実を中心とした記事ではない。かといって社説とも違う。筆者の見解、思い、感情がなければいけない。しかしそれを前面に出しても仕方がない。そこは有名人の書くコラムやエッセーとは違う。

わたしは時々、これはフォークソングの歌詞である、と考えながら書いていた。学生のときからフォークが好きで、自分で歌をつくり、ギターを持って人前で歌ったこともある。フォークソングには、権力者を批判するプロテストソングがある。恋のうたがある。自然の美しさをたたえる歌詞もある。これはフォークだと自分に言い聞かせることで、自分の本当の気持ちを掘り起こそうとした。毎回というわけではないが、とくに筆が止まったときには心がけた。

そんなふうにして6年半、何とか書き続けてきた。

〈有田哲文〉

おわりに

新聞のコラムは、多くの人の支えで成り立っている。とくに天声人語補佐として二人三脚で走り続けてくれた記者たちには頼るところが大きかった。在任順に長谷文、根岸拓朗、古城博隆、河原一郎、江戸川夏樹、牧内昇平、森本未紀、山岸玲、上田真由美、津田六平、二階堂友紀、渡邉洋介、青山直篤、後藤遼太、大久保貴裕の各氏である。いまも朝日新聞で活躍している人、あるいは新天地に活躍の場を移した人もいる。気鋭の記者たちと一緒に仕事ができたのは筆者二人にとって一生の財産である。同僚の論説委員、各部の専門記者からの指摘や助言は、筆者の不勉強をいつも補ってくれた。

読者がいなければ新聞は新聞でなくなる。激励であれお叱りであれ、お便りをいただき、読まれていることを実感できたのは本当にありがたかった。できる限り返信するよう心がけたが、できる範囲があまりに狭かったことをこの場を借りておわびしたい。

有田　哲文

山中季広（やまなか・としひろ）
1963年、三重県生まれ。86年、朝日新聞社入社。社会部や国際報道部に在籍し、朝日新聞阪神支局襲撃、佐川急便事件、米同時多発テロなどを取材した。ニューヨークに２度、香港に１度駐在した。「天声人語」を担当し現在、論説主幹

有田哲文（ありた・てつふみ）
1965年、新潟県生まれ。「週刊女性セブン」編集者を経て、90年から朝日新聞記者。政治部、経済部、欧州総局（ロンドン）などに在籍。財政や金融取材が長く、リーマン・ショックやギリシャ債務危機を報道。著書に『ユーロ連鎖危機』。「天声人語」を担当し、現在は文化部記者。

装丁　加藤光太郎
装画　村本ちひろ

よりぬき 天声人語 2016年～2022年

2023年２月28日　第１刷発行

著　　者　山中季広　有田哲文
発 行 者　三宮博信
発 行 所　朝日新聞出版
〒104-8011　東京都中央区築地５-３-２
電話　03-5541-8832（編集）
　　　03-5540-7793（販売）

印刷製本　凸版印刷株式会社

Published in Japan by Asahi Shimbun Publications Inc.
ISBN978-4-02-251891-0
定価はカバーに表示してあります。